“广西文化名家暨‘四个一批’人才”文丛

LIN ZHONG WU LU

林中无路

楚荷 著

漓江出版社

图书在版编目（C I P）数据

林中无路 / 楚荷著 . -- 桂林 : 漓江出版社 ,2019.9
（“广西文化名家暨‘四个一批’人才”文丛）
ISBN 978-7-5407-8696-0

Ⅰ . ①林… Ⅱ . ①楚… Ⅲ . ①长篇小说 – 中国 – 当代
Ⅳ . ① I247.5

中国版本图书馆 CIP 数据核字 (2019) 第 123327 号

LIN ZHONG WU LU

林中无路

楚荷 / 著

出 版 人　刘迪才
策划编辑　张　谦
责任编辑　张　谦
助理编辑　辛丽芳
书籍设计　石绍康
封面制作　阳雨诗
责任监印　张　璐

出版发行　漓江出版社有限公司
社　　址　广西桂林市南环路 22 号
邮　　编　541002
发行电话　010-85893190　0773-2583322
传　　真　010-85890870-814　0773-2582200
邮购热线　0773-2583322
电子信箱　ljcbs@163.com
微信公众号　lijiangpress

印　制　三河市中晟雅豪印务有限公司
[河北省三河市泃阳镇错桥村　邮编　065200]
开　本　880 mm × 1230mm　1/32
印　张　7.25
字　数　128 千字
版　次　2019 年 9 月第 1 版
印　次　2019 年 9 月第 1 次印刷
书　号　ISBN 978-7-5407-8696-0
定　价　40.00 元

目　录

001 / 第一章
025 / 第二章
047 / 第三章
075 / 第四章
100 / 第五章
131 / 第六章
159 / 第七章
185 / 第八章
209 / 第九章
227 / 后　记

第一章

一

我独自来到这个海边的都市，带着一沓乐谱，和那位十七世纪哲学家的著作。我提着简单的行李，在陌生的人群和狭窄的街巷间漫步。我决定在我疲惫到无法迈步的地方找一个住处。我几乎想不起现在是什么月份，只看到有红色和白色的夹竹桃在盛开，有老太太在街边卖穿起的茉莉。这是一个阴凉的日子，我走了很久，有一支旋律自我下火车时便跟随着我，我必须等到它成形之际才能停下来。没有发生任何事，没有人和我说话，甚至没有人注意我。我得以安静地走下去，喧嚣近在咫尺，却又远如隔世。我很满意这个冷漠的、忙碌的城市。

我在一丛红色的夹竹桃下站着，从衣袋里拿出纸和笔，将那支终于有些安分的曲子大致记下。有人从我身边走过，我感觉到她的目光，但没有抬头。这是第一个注意我的人，我估摸着她已走开适当的距离，回头去看。一位职业装的短发女性，步态矫健地走着。

妹妹的脸在我眼前一闪。我迅速定了定神。鸽子似乎远远在唱着刚刚的那支旋律。好孩子，放开哥哥，不要缠着哥哥。我轻声说。

我在那株红色夹竹桃附近租了一间位于二楼的客房。它有着木质的地板和木质的窗户，窗口对着一棵法国梧桐，下面是一条小巷。从窗口探出身去，可以看到两旁伸出的竹竿上晾着的各色衣服，以及巷口的那株夹竹桃。屋子里东西很少，我将它简单地布置完毕。

在等钢琴的日子里，我将这附近的街区一一熟悉下来，并确定了一条早晚散步的最佳路径。我几乎每天都要经过那株红色的夹竹桃，每天都会碰到一些渐渐熟悉的面孔。但我不同任何人打招呼，脸上也总没有和悦的时候。人们似乎怕我，连最不敏感的一类人似乎也感觉到了点什么，都毫无表情地保持着沉默。这很好。我不是一个玩世不恭的人，更不是一个自命清高的人，我只是需要安静。

黄昏照例是最为喧闹的时候，各种声响混为一体涌进窗内。这中间总有人在弄音乐，或者是竹笛，或者是胡琴，还有一位初学者在弹电子琴。想到自己马上要加入他们的行列，我不禁笑了一下。

我唯一的伙伴终于随我而至了。我看着他们将它抬上楼，感觉到一丝不可抑制的微笑浮在脸上。有位老头便来问，你是音乐家啊？

这是一个晴朗的日子，虽然气温很高，但时而有凉爽的海风吹来，而且此刻正是上午十点多钟，是我最喜爱的时辰。只要有透明的阳光，一切就都是昂扬的、有秩序的。阳光从法国梧桐的叶隙漏下来，洒在我黑色的、亮光闪闪的钢琴上。我坐下来，打开琴盖，抚过一串琶音。一切正常。我将鸽子的照片拿过来，摆在对面。我弹了莫扎特一首奏鸣曲中的第三乐章。那是鸽子偏爱的，经常在屋里哼着它。

所发生的一切都是那么陌生。我常常在这样一些比较快乐的时刻感到迷惘。似乎鸽子会随时推门而入，又因为什么令她兴奋的事而扑进我的怀里，莫名其妙地笑着。但这些快乐的时刻再也不同以往了，总有什么让我迟疑，像隐隐地感到丢失了什么。

我把那天初到这里时所写的曲子弹给鸽子听，只是一个简单的主题，同时看着她的眼睛，想听听她的意见。可是鸽子不说一句话。

时间滑向正午，窗口飘进饭菜的气味。时间也像熟透的果子，掉落在餐桌上，变得慵懒起来。我合上琴盖，收起鸽子的照片。我终于决定给安写信，写了寥寥的几行，带在身上，打算吃完午饭寄出去。但是在等午饭的时候，我将信重读了一遍，然后便将它撕了。

我在正午寂静的小巷漫步。我是这么一个永远的独步者，我听到自己在心里说，我抛弃了安，我要忘记鸽子，我要成为往日自己的陌生人。

二

黄昏，我在一片嘈杂声中弹琴，忽然听到敲门声。声音微弱。我没有停下双手，喊了声进来。门被微微推开，喧闹声更响了。来人似乎胆怯而犹疑，在我身后不知所措地等着。我只好回头，发现一个八九岁的男孩微笑着站在那里，样子十分腼腆。我做了一个问询的表情，他这才说，我想听你弹琴。很奇怪，有的人你就是无法开口拒绝。我还是不想说话，示意他坐下，他便走过去，像一个老朋友那样坐在椅子上。我并没有仔细看他，但感到他没有流露丝毫令我不耐的受宠若惊。我刚才弹到哪儿了？我问道，心情似乎很奇怪地有些愉快。他这时一点也不迟疑，把我刚才弹的乐句唱了一遍。我并未流露自己的惊讶，只是脸上更和悦了几分。我继续弹下去，能感到每一个音符都落在与它语言相通的耳朵里。这时的琴声虽然有些试探或迎合的意思，但比我独自弹时多了一些生气。

他一直安静地听着，我忍不住看了他一眼，发现那张天真的脸上呈现出极为满足的神情。最后一个音符消失了，我微笑地看着他。该你了，我说。他涨红了脸，结结巴巴地说，我不会弹。我做了一个不耐烦的表情，把座位让给他。他仍然红着脸，坐在琴凳上。他开始弹贝多芬奏鸣曲中的一节。天哪，这是什么样的弹法啊！指法几乎都是错误的或者不正规的，但曲子却流畅完整，而且充满了一个这样年纪的孩子所能迸发的最大限度的热情。我由难堪转为同情，由同情又转为惊讶。

他弹完了，转过头来看着我，既兴奋又羞涩。我凝视了他片刻，说，你是自己学的？他点了点头。没有人教你？他又点了点头。“说说看。”我用目光鼓励他。“妈妈一直反对我弹琴，说我身体太弱，弹琴会生病的。但她让姐姐弹。”“姐姐弹得好吗？”我问。他摇摇头：“姐姐不喜欢弹琴，妈妈不注意的时候，我就替她弹，妈妈总以为是姐姐在弹。”他笑起来。“你生病了吗？”我问。他点点头。“经常生病。这时候妈妈总是说，幸亏没让你弹琴。”

天色和喧哗都深了下去，却有明亮的光在我的房间里。这是命运自鸽子离开之后第一次惠顾我，这是藏在巨大而冰冷的城市中的一丝笑容。我又感到那种困惑，只不过这次是相反意义上的。每当苦难或幸运降临，都会产生这种幻觉，这一切又都促使我再一次收回踏入这世界的脚步，退缩到音乐当中。你怎么了？有人胆怯地问。我古怪的神情一定把他吓住了。我看着他，心里想你若是几年前遇到我就好了，我会做你的老师，会倾力帮助你，但现在我已经丧失了这种能力。

我站起来，和刚才判若两人。“你弹得不坏，”我大声地、毫无表情地说，“你可以弹给你的妈妈听，她也许会同意你学琴的。”这是我能说的最多的话。今天的事已经很意外了，我自己的表现让我感到羞愧，而且伴随着隐隐的恐惧。他有些不知所措，像只无辜的羊羔一样看着我。“你该回家了。”我继续保持着那种浑然不觉的语调。他像做错了事一样朝门走去。他站在门口，回头看着我。我点了点头，他小声说了再会，便走了。

我嘲弄了命运的来访，尽管知道它会狠狠地报复。但只要我还能安慰地想，这里谁也不认识我，我和任何人都没有关系，我就会感到安全。我坐在钢琴前，开始弹一支突然萦绕在耳畔的曲子。夜来了，多么温柔、安宁的夜。

三

夹竹桃在不断地开放，这是一种幽静的花，以纯净的颜色和适当的浓密开在绿丛之中。我喜欢看到它们。它们似乎是这个城市在这一季节留给我的最为鲜明的记忆，其他一切都浮在这背景之上。

我又在这样的阴雨天漫步街头。一个月过去了，除了刚来时的那两首曲子，我几乎什么也没写。没有人知道我在这里，这里也没有人认识我。这不正是我期盼已久的状态吗？但我什么乐思也找不到了。这二者之间有关联吗？即使有，也应当是我所痛恨的关联。

带来的钱在迅速减少，我必须为下一步做打算。给学生上课早已使我厌烦，现在只好暂时去酒吧或饭店里弹琴。坐在宽阔豪华的大厅或拥挤狭窄的角落独自弹琴倒是不错，只是曲目绝不是我能任意选定的，我只是在帮助营造氛围。

雨时有时无，忽然又会下得像瓢泼，这时需要躲进路旁的店里。这一次我被赶进了一家吉他专卖店。我湿淋淋地站在门口，里面一群年轻人正在谈笑，都转头来看着我，我只好去看挂在店里的无数把吉他。这是我一度非常密切的伙伴，那是刚从音乐学院逃出来、极度憎恨钢琴的时候，我背着它四处游荡。

雨似乎下得更大了，只听到外面汽车驶过时不断激起的水声。这时从那一群人中传来吉他声，有人在弹《亚麻色头发的少女》。起初我并未回头，但却在留意地听。大家似乎习以为常，仍然不时插上一句话或一声轻笑。弹得很好。在非常有表情的一句上，又有人毫无顾忌地说话。我愤怒地回头，瞪了那说话者一眼，同时看到了弹琴的人。真的是一个亚麻色头发的少女。她弹完了，有人零星地鼓掌。我只能看到她的侧面，半个微笑的影子。

我指着一把吉他大声问，可以拿下来看看吗，眼睛却看着那个侧影。她果然回头了，正遇到我的目光。“当然可以!”有人回答。我向那双眼睛微微一笑，拿下那把吉他。有人搬过来一张椅子。我调了弦，看看外面的雨，开始弹自己以前为这位伙伴所写的一支热烈的曲子。

店里静悄悄的，吉他声几乎淹没了雨声。我弹的时候感觉很好，因为暗自相信身旁有一双眼睛是可以沟通的。一曲终了，掌声四起。我笑了笑，站起来说这把琴不坏。一个高个头的年轻人走过来，递给我一张名片，很谦虚地笑着说，请问——我连说谢谢了不必了我浑身都是湿的，眼睛却看着亚麻色头发的少女。她的微笑里混杂着羞涩，但没有避开我的注视。这时另一个年轻人走过来，挡在我和女孩之间，拿起另一把琴，冷冷地说，还有比它更好的呢！说完他坐下来，开始弹一首难度极大的曲子。他的神情高傲冷漠，这首许多人望而生畏的曲子被他弹得举重若轻。曲终是比刚才热烈几倍的掌声。有人喊，好样的，不愧是我们的罗梅罗。

接下来大家的眼睛又都落在我身上。雨天的无聊助长了这种好事的热情。那双眼睛也在看着我，我猜到她的意思。我拿起刚才罗梅罗用过的吉他，敲了敲琴板，说，果然是它更好吗？人们屏息凝神，我却暗暗觉得好笑。我选了一首自己所写的难度不大的曲子。这曲子总是能使我安静下来，我希望它在别人身上也能奏效。

这支曲子是在北方一个冰天雪地的夜里诞生的。我和鸽子乘末班车返回我的学校。车里寥寥的几个人，只有逢站时才开灯，看得到人们疲惫的或心事重重的面孔。鸽子像往常那样缩在我的大衣里，我总以为她睡着了，低头却看到她炯炯的双眼，不知在想什么。然后在某一站，那似乎注定的一站，安独自走了上来。她放下右手提着的琴盒，站在灯下买车票。我看着她的侧影。这时鸽子在我怀里动了一下，我低头看到她合着眼似乎想睡，怕冷地挨紧了我。再抬头时，正遇到安的目光。她本要走到我们这边来，但看到我和鸽子的情形，犹豫了一下，便转身到前面去了。安和她的小提琴一起构成的画面不知为什么触动着我。我不知道该以什么方式去接近她，而且预感到她必定会在我们之前下车，那样我就彻底和她失散了。为什么是失散，我不知道，我心里所涌现的就是这样一个词，而且越来越深地陷入它所引起的恐慌之中。

这一刻终于来了，安站了起来，要下车。我低声对妹妹说，鸽子我们这一站下。可是还没有到啊，鸽子说。听我的，回去再跟你说。我们跟在安的身后走着，她似乎没有注意到我们，匆匆地在寒风中赶路。我们远远地看着她走进一条胡同，接着消失在一座院落中。我走过去记下了门号，并回头看了一眼院内透出的灯光，不知道安是否就在那灯光之下，但这光让我感到慰藉。

雨似乎停了，我弹得有些恍惚起来，眼前只是那一晚的情景。我和鸽子在黑夜中走了很久，她似乎明白了是怎么回事，没有多问，也没有埋怨，只是紧挨着我走着。这支旋律就从那一刻起跟随着我，直到我深夜将它谱了出来。那是安的歌，也是我对自己的痴迷所致的敬意。今天是什么让我怀念起那种痴迷来了，是雨吗？雨已经停了，最后一个音符也从我的手指下飘走了，我在听上去有些遥远的人们的掌声中清醒过来。我有些奇怪地看着他们，不明白自己为什么会和这样一群陌生人在一起。有一双明亮的、感动的眼睛在看着我，我却装作毫无察觉。

我站起来，冷冷地说："这把琴的确不坏，只是闲置太久，最好早点为它找一个主人。我该走了，谢谢你们让我在这儿避雨。"说完头也不回地走到街上。

四

夜里我梦到了安。她在拉琴，琴声像是在哭。她什么话也不和我说，只是让我听那哭泣的琴声。我在梦里四处奔逃，但那声音却追逐着我。我逃得精疲力竭，终于胸口刺痛地醒了过来。安，你在找我吗？是你在夜里不断哭泣吗？我这就来，你立刻会听到我的声音。我感到安的手臂在紧紧缠着我的腰，像她习惯的那样，从后面轻轻地、越来越紧地拥抱着我。我听到自己内心的呻吟，支撑着走到钢琴旁，打开琴盖。

我弹着写给安的曲子，极为轻柔，慢慢平静下来。外面似乎又在落雨，雨滴轻击着树叶。湿润的夜风吹进窗，远远地有船笛呜呜地鸣响。一支新的旋律从我的指尖流淌出来，不知它来自何处，它只是通过我的手指走进这个世界，并将我灵魂内久积的淤塞之物冲开，使之弥散在夜空中。我感到久未体尝的释然。我在这新的旋律上徘徊，像是在一条新辟的蹊径上漫步；夜似乎凝滞着，又似乎倏然逝去。天色渐渐转亮，新的困倦袭上来，我再次睡去，这一回睡得很安宁。

上午十点多钟我被敲门声叫醒。有人送来一封信，是一家音乐专业杂志的编辑写来的。信里先是过分地赞颂了我寄给他的作品。我快速跳过这些夸张的言辞，寻至最后，才找到我所希望的东西。他不但会推荐我的作品，而且约我进行一次面谈。

雨后的阳光炙热而明亮。这座城市终于对我的到来有所表示了。我从未像现在这样渴望有一群听众，并得知他们对我的作品的感觉。我煮了杯咖啡，弹了一会儿莫扎特。我只有在这种心情愉快的上午才会弹他的作品。

鸽子最喜欢听我弹他。他带给她无与伦比的快乐。当我胆敢问她对我的作品的看法时，她总是略带怜悯地看着我，似乎在说，有了莫扎特，为什么你还要尝试作曲呢？

我没有急着去整理和修饰昨晚的新作，决定将它淡忘两天。午饭时间到了，我打算到街角的饭馆好好吃一顿。那株红色的夹竹桃仍在零星地开落，从那些红色的花朵旁转过弯，正看到曾来听我弹琴的小男孩。他和一个比他高的女孩子在一起。他看到我显得很高兴，停下来向我微笑。我拍拍他的肩，朝他做了个鬼脸。我昨晚听到你弹琴了。他有些结巴地说。吵醒你啦？没有啊，是我做噩梦吓醒了，后来听着你的琴声才又睡着了。我心里暗暗一惊。他仰头看着我，我认真地看了看他，才又笑了一下说，想弹琴就来吧。他连忙点头。我们各自已走开几步了，我回头大声问，你叫什么名字？我叫祝亮。他大声回答。

我继续向前走，看到一位父亲牵着女儿的手，女儿仰头在说什么，父亲虽然眼望别处，却微笑着听，不时回答一两句。小女孩叽叽咕咕不停地说着，他们就这样从我身边走了过去。我转身看着他们的背影，有些发怔地站在那里。为什么对于大多数人来说如此简单平常的事，对于另外一些人来说却几乎是不可思议？我想起那位孤独的十七世纪的哲学家。我永远也记不清他都说过些什么，但每次打开他的书却总感到亲近。我早已不再读书，只有这一本却一直带在身边。我会在分不清自己和旁人的时候去读上一两句。我胡思乱想着，突然发现自己已坐在时常光顾的那家饭馆里。正是午饭时间，四周人声鼎沸，我却得以独自安静地吃饭，没有人来打扰我。

五

祝亮成了这间小屋的常客。我们甚至一起去钓鱼。每次我们在一起的时候，我总是想起那首老歌《神龙帕夫》。他的领悟力极高，技法上稍加指点，便飞速进步。我把钥匙交给他，告诉他可以在我外出的时候来这里弹琴。有时候他对音乐的狂热令我隐隐地感到恐惧，我几乎开始相信他母亲保护儿子的直觉是对的。祝亮的弹奏中有一种我从不具备的燃烧般的炽情，这种灼人的、夺目的气质令人心惊，然而又深深触动着你。我多次试图让他平静一些，但他弹着弹着又会燃烧起来。

祝亮的母亲终于发现了儿子的秘密行踪。我们正兴致盎然地进行一次四手联弹时，被双双捉住了。她正是我所想象的祝亮妈妈，严肃而温和，语音从不过高，但有一种温柔的束缚力。我们看到她时，都吓得不知所措。她被我们惊恐的神情逗乐了。我们进行了一次谈判，她终于在儿子苦苦的哀求下妥协了，答应他跟着我学琴。这一天对于祝亮来说无疑是节日，他兴高采烈的样子感染了所有的人。他的母亲看上去也很高兴，她对我表示谢意。祝亮为母亲弹了一首莫扎特，让她大吃了一惊。

炎夏就这样缓缓爬出这个都市，不时回过头来喷出它最后的几次喘息。祝亮成为我唯一的朋友。我将自己的过去残存在与这个少年的交往中。我不知道自己为什么要保留这样一方绿地。也许因为它没有试图改变我的野心，它是那么安静地、信任地汲取着我身上的水分；也许因为我尚未觉察自己对它的依赖，它从不侵入我的视野，从不喧嚣。它是自己循着乐声走到我身边来的，我拒绝过一次，然后便不再拒绝。

我见到了那位音乐杂志的老编辑，真奇怪他会喜欢我的作品。他的陈腐之处让我暗暗恼怒，我甚至怀疑自己所写的东西是否在某种程度上投合了这种陈腐。我忍耐着听完他不吐不快的谈论，终于提出想开个人作品音乐会。他热情高涨地表示支持，并当即请我弹一曲，让他先听为快。我也正巴不得结束他的唠叨，就一口答应了。

我将自己最近刚刚为祝亮写的一首练习曲弹了一遍，暗暗地想戏弄老头儿一下。他果然连声称赞。我笑着没说什么，这才认真弹了一曲。这支怪异的曲子似乎把他给难住了，他犹豫着不知如何评论，我却大为高兴。“这首作品所体现的您的才华不容否认，但听众可能会像我一样觉得它难以理解。”他很诚恳地说道。“但总有人会理解的。”我平静地回答道。“当然这里的听众都很有礼貌，会尊重您的创新的；但评论界会怎么样呢？您一定要明白我的意思是想让您有一个成功的开始，因为我觉得您很有前途。”我有些疲惫了，打算先做一些让步，毕竟他支持我开专场音乐会。“在决定首演的曲目时，我会和您商量的。”我做出很谦虚的样子。老头满意了。

我沿着音乐杂志所在的小巷往回走，心里却在冷冷地笑着。也许我真正想要的，既不是理解我的知音，更不是什么成功。我握在手里的剑所对准的，正是听众的礼貌和评论的无关痛痒。我想看到他们被激怒的样子。

六

独奏音乐会定在十月中旬。那位老编辑在通知我的时候，对我真诚而热烈的感谢似乎感到愧疚。最后他终于吞吞吐吐地说，我演奏的当晚，邻近的歌剧院将上演莫扎特的《魔笛》。我哈哈大笑起来，安慰他说，那一晚总会有人不大想听莫扎特的，我的任务就是让那放弃了莫扎特的人不感到后悔。

我向他订了三张票。有两张是给祝亮母子的，第三张给谁呢？我一时想不起来。但我又为什么一口便要定三张呢？

九月，这里的天气很宜人，风推着一堆堆白云在蓝天上嬉游。我生活得比较有规律，心思也还沉静。早上练琴或者修改作品；下午外出散步，或者和祝亮去钓鱼；晚上去给别人弹琴，或者自己作曲。夹竹桃依然在零星开放。演出一天天逼近，那第三张票仍然无处着落。但我只是偶尔想起此事，也许那个人会在最后一刻突然出现吧。

晴朗的夜晚，空气中透着干爽的凉意。我坐车前往预定的一家咖啡馆弹琴，偶然在车窗外看到了那天躲雨的吉他琴行。我想起亚麻色头发的少女，不知她还在不在那里。大巴士正好在这里停下，我犹豫了片刻，终于最后一个下了车。

店里没有太大的变化，只是这一次空荡荡的。我走进去，有一个青年背对着我站着。他似乎对我的到来毫不在意，我只好轻轻咳嗽了一声。他从一大堆乐谱中匆匆抬头张望了一下，又低下头去。很快，他似乎想起了什么，再次打量着我；而我此时也认出他就是那天递给我名片又遭我拒绝的人。他朝我微微一笑，说，欢迎光临。我略带歉意地笑笑，说，你好像很忙。他指着那一大堆乐谱说，这是我们征集到的新歌，想搞一次民谣大赛，没想到会收到这么多的作品，让人手忙脚乱。好作品多吗？我问。你自己来翻翻就知道了，简直像大海捞针，不是模仿就是抄袭，看得我自己都不知道音乐到底是什么了。他把我当作一个老朋友一样向我抱怨着，并递给我一沓乐谱。我看了几首，的确如他所言，便放下了。他抽出两根烟，分给我一支。我不想再次拒绝他，便若无其事地收下了，而事实上我对烟草的气味非常敏感而且厌恶。他似乎已经赢得了我的同情和好感。我们在香烟燃烧的过程中闲聊，我几乎不去碰那根烟，让它在手上自燃。他似乎毫未留意，热烈地说着什么。我没有仔细去听，偶尔会插上一句。

大约十分钟就这样过去了。我为什么会忍耐这样一个平庸又热心的人呢？在这过程中我一直在回忆那天的情景，雨声、车声、琴声，还有那双温柔明亮的眼睛。我忽然意识到自己是多么希望她此时能推门而入。我将对她说什么呢？对了，我将邀请她去听我的独奏音乐会。原来那张票是为她留的，我到现在才发觉。

又一支烟的工夫过去，没有人来，什么也没有发生。我的交谈伙伴缺少我的热心配合，也暂时找不到话题了。他似乎在等待我说明来意，又似乎在担心我会像上次一样猝然离去。忽然他眼睛一亮，拿起一把吉他，看着我说，请你听听我写的一首歌好吗？我点点头，拉过一张椅子坐下。他也在我对面坐下，开始弹唱。

他的歌和他的人给我的感觉是一致的，平庸，但没有矫饰，没有浮夸，有一两处很朴素的地方甚至是动人的。他唱完了，期待地看着我，几乎有点赧然。我回想了片刻，接过他手里的吉他，说，这一处这样唱是不是好一点？然后对几个地方提出修改意见，他都欣然接受了。时间不早了，我必须赶赴约定的咖啡馆去弹琴。我犹豫了片刻，似乎在等待奇迹发生。我想向他问起那个姑娘，忽然又觉得这种举动可笑而且没有必要，便嘲弄自己一般，把那张票递给我的这位新朋友。我的个人独奏会，你要有兴趣，可以来听听。我平静地说道。

独奏会的前一晚，我梦到了鸽子。她似乎很不快乐，说自己的画永远也画不好了。我想尽一切办法来逗她开心，自告奋勇地给她当模特。鸽子在为我画像，却越画越忧愁。这时门外传来安的琴声。我们一起到外面去找她，却哪里也看不到她的踪影。琴声如泣如诉，似乎是门德尔松协奏曲中的一段。我于是又像往日一样在这凄凉的琴声中逃去，但它也一如既往地追随着我。我终于又喘息着醒来，挣扎着走到桌前，拿出纸和笔。

安，我最亲爱的……

我试图忘了你，因为我知道自己做不到。但我该如何面对你呢？每一丝柔情的束缚都让我不由自主地要做出伤害你的事。我是一个被诅咒的人，一个被禁止哭泣的人。安，如果你怜悯我，就答应我，去找属于你自己的幸福，也许它并不远。

信封好了，我在钢琴前坐下。琴声平息了我们在夜里旧创发作的灵魂。

七

独奏会在这座中等大小的音乐厅举行。不出所料的是音乐会票没有售出多少。我走上台时听到下面稀稀拉拉的掌声，感到很不舒服，倒宁愿没有它。我在琴凳上坐下来，台下寂然。我在自己的曲目之前加了巴赫和莫扎特的两首小品，除了对钢琴艺术的渊源表示敬意，也是为了纪念鸽子。听众似乎对这两首作品很是欢迎。接下去我弹了自己的一首变奏曲，掌声比前次要弱，我感到大家觉得它有些乏味。再下来是一首幻想曲，情况似乎稍好一些。从这几首的接受情况我已大体摸清了这批观众的口味，心中暗自冷笑：下面要让诸位吃惊一下了。

我开始弹第五首，也是我今晚真正想要公开的曲目。这是我来到这个城市之前写的一首随想曲，它由五个乐段组成，是一次旅行所产生的结果。我并不想在其中罗列旅途见闻，但这部作品的乐思的确是由路上所获得的种种印象激发而成。我想在城市的背景之下，这些印象所具有的清新感会更加突出。而这些观众是属于这一背景的，面对他们演奏，这些融合在乐句中的经历会更显得孤独。

果然，在第四乐段开始不久，观众席开始有低低的说话声，渐渐这低语声传染到更大的氾围，人们开始显得无所顾忌了。这一章是慢板，轻微的骚动都会打破我苦心营造的效果。我开始处于一种忍耐状态，但明白这种状态的结果将是什么。我听到有人在下面毫不掩饰地打哈欠，并紧随着几声嬉笑。我只记得自己在这一刻突然站起来，并不看一眼观众，旁若无人地走下台去。

据负责的人说，台下在我此举之后先是安静了片刻，表示出某种惊讶和不安，接着便一片哗然，纷纷嚷着要退票。我身旁的人，包括那位老编辑，都在苦劝我返台并更换曲目。我说，返台可以，但决不更换曲目，而且要那些不想听这种音乐的观众主动退席，还我安静。

僵持了十分钟之后，音乐会的负责人见我毫不让步，只好通过广播告诉观众，对这场音乐会不满的人可以自行退席，但可以免费听以后的某场音乐会，还想继续听下去的观众则请务必保持安静。

又是十分钟过去，他们告诉我可以返回舞台了。我重新向台上的那架钢琴走去，但没有想到留下来的人还有少半，而且他们对我的再次出现报以掌声。我从那中断的第四乐段弹起，台下很安静，我渐渐忘了身边的一切，完全进入我的音乐之中。

这首随想曲之所以被我珍视，是因为它是为数不多的完全属于我自己的作品，或者说它与一切同我或亲或疏的人无关，它是我在陌生的地方、陌生的人群当中所获得孤独的灵感，它与任何人无关，却正因未受侵犯的孤独而对世界怀有一丝同情和尊重。我无法测度它在听者心中会引起怎样的感受，但我终于得以在一个公共场合将它接近完整地呈现出来。

全曲结束了，掌声将我惊醒，我转头望着台下，似乎看到祝亮的笑容，看到他在使劲鼓掌。我的目光离开他，继续在人群中寻找，寻找另一张熟悉的笑脸，我自信我是可以找到的。她果然在那里，在灰色的人群中闪光。

八

如果你找到了一种花，发现它使你不忍离去，难以忘怀，你便会想要得知它的名字，想知道这世上有着怎样一个恰切的称呼与它紧密相连。在接下来的这一个冬天里，我一直想要知道她的名字，却从不向任何人打听，我一直在等待它自己跳入我的生活。

那场音乐会倒是为我带来了两三位新朋友，除了吉他专卖行的老板，那位民谣歌手——江水洋，还有音乐厅的经理杜质，以及一位钢琴调音师蔡丰。蔡丰对音乐虽不算内行，但他敏锐的听觉以及一双暗含笑意的眼睛给我印象极深。他似乎对我的音乐表示出特殊的兴趣，音乐会结束后的第二天便到我这里来做客。按往日的习惯，这么快便又见到一个刚刚相识的人会让我皱眉，但蔡丰的再次出现却让我感到高兴。我们的相处从一开始便毫无拘束，他是一个既敏捷又宽厚的人，这种品格能够在这个城市里得到完好保存，真让我感到惊讶。他义务为我的钢琴重新调音，还将踏板处的一点小毛病修好了。我为他煮了一杯咖啡，然后弹了一首快板的爵士曲，看他喝着咖啡听得很开心。接着我弹了一位俄罗斯作曲家的作品，俄罗斯的音乐带着北方的冰雪和辽阔的感觉飘浮在空气中。全曲弹完后，我看着蔡丰，看得出他听得很入迷。我问他有什么具体感受，他说这音乐将他带回了北方的故乡，那里有真正的寒冷和温暖；他想起小时候有一次凿开河面上的冰抓鱼，猛一抬头，看到夕阳将整个白雪覆盖的田野都镀上了一层金色。

我们谈起了北方，他说自己已经有两年多没有回去了，非常想念家人。说得正热闹的时候，有人在外面敲门，我这才想起今天还要给祝亮上课。祝亮看到有客人，有点拘谨；看到我待蔡丰少见的友善，甚至流露出一丝嫉妒。我告诉蔡丰这是我的“准弟子”，他逗了祝亮几句，祝亮却不肯轻易撤除戒备，一副审视的神情。蔡丰似乎明白小孩子的友谊要慢慢地获取，不以为意。他及时告辞，请我也去他那里。

杜质在表面的沉静之下掩藏着许多大胆的想法，但这些想法总是遭到多数人的阻碍。尽管如此，他还是设法使音乐厅容纳了许多真正有创造性的音乐家，无论他们有名还是无名。他善于在自己的上级不甚留意的时候做出一些决断，这些决断往往带来意外的成功，但有时也会惹祸。因此他在音乐厅里的地位很特殊，一方面无人具备他独特的嗅觉和鉴赏力，另一方面他那些过激的想法和追求新奇的爱好又让多数人感到危险。他很少像蔡丰和江水洋那样到我住的地方来，却喜欢带我到一些稀奇古怪的地方去见识这个城市里所谓的前卫派人物。他们不只是音乐家，还有各种各样从事艺术或者“发明”的人。

江水洋从我们正式相识之后便时常来访，有时会带着他的一两个朋友来，但却从没有和那位去听我演奏会的姑娘一起来。我感到她是在有意躲着我，而我也在一种莫名的期待中躲避着命运的来访。

这一天终于来了。有一段时间我几乎天天在一家规格较高的酒店里弹琴。夜晚这里聚集着这个城市里的所谓名流，我负责弹一些浪漫派的作品来营造一种高雅、梦幻的氛围。肖邦自然是必不可少的。常会有人让招待递过名片，有意结识，都被我躲开了。我知道这是什么场合，所以总是告诫自己要弹得“客观”一些，让音乐成为美丽但不引人注目的背景。但有的时候会弹得忘记一切。

这一晚我不知不觉弹起了舒伯特。他是安最喜欢的，她会静静地坐在我身后听我弹下去，静到我都感觉不到她的存在。我会在一曲结束时伸出手，安走过来，握一握我的手指，我便接着弹。每次都是由她来决定哪一首是终曲。这时她会从后面无比温柔地环抱着我，再吻一吻我的手指。

我不知道自己为什么会弹起这位被我回避已久的作曲家的作品。我凭记忆演奏他的一首即兴曲，一切就又似乎回到了以前。我感觉到安坐在我身后，她还会在曲终走上来握我的手指，或者……像在梦中一般，舒伯特变成隔在我和安之间的一座桥，我必须越过它，才能得知她是不是仍然在我身旁。最后一个音符消失了，我抬起手，平伸着，等着。有一杯酒被放在我的手里。酒杯的冰凉和沉重让我惊醒过来，我抬头，看到一双熟悉的微笑的眼睛。那不是安的眼睛，那里面没有浓厚得让我无法喘息的忧伤，却有一种明亮的、我尚且称不上是什么的东西。

“你叫什么名字？”

“黎蓝。黎明的黎，蔚蓝的蓝。”

第二章

一

这里的冬天忽冷忽热。我喜欢这种没有暖气的屋子，可以随时敞开窗户，让冷空气灌满房间。寒冷让我保持清醒，让钢琴的声音具有一种冰雪般的质感。夹竹桃消失了，但绿色还是随处可见，与我从小生活的北方不同。窗前的法国梧桐落完了叶子，赤裸的树身，树枝上挂着成串的硬果。这些法国梧桐不久便被修剪去树梢和繁杂的枝杈，像沿街的雕像一样伫立着。

十二月，街头飘来糖炒栗子的香味。江水洋和黎蓝在这样的香味中走进我依然简陋的房间。黎蓝裹在黑色大衣里，栗色的头发披在肩上。我的屋里和外面一样冷，我为他们各倒了一杯热水。她将杯子握在手里，我猜那手指一定冻得冰凉。这双手显得很温润，和安那双纤瘦有力的手不同。鸽子的小手总是温热的，常常将我在琴键上冻得僵冷的手握起来焐着。我习惯性地朝鸽子的照片望去，忽然才想起自己早上将它收起来了。

黎蓝在这座城市一所大学的历史系读书，她的家并不在这里，但有一个有钱的叔叔在城里。她发现了我桌上的那本哲学书，拿起来翻了翻。“我也有一本，和你的一样。”她笑着说。那笑容让这间屋子骤然一亮。“请你们听听我的新作品，怎么样？”我突然来了兴致。他们连声说好。

这是我上周写的一首奏鸣曲，曲式很保守，听上去像是在模仿十八、十九世纪的作品。江水洋说，他感到似乎回到了莫扎特时代。“你觉得呢？”我问黎蓝，直视着她的眼睛。她的眼神坦诚自然，却又隐藏着无法破译的秘密。“莫扎特的曲式，听来却像是肖邦的叙事曲。你似乎在讲述一个故事，我听得出其中的情绪变化，但猜不透情节。”“这就是音乐的好处，让你们这些好奇的历史学家猜个够。”江水洋说。

不出我所料，祝亮一听到琴声便跑过来，就像小猫闻到了鱼的气味一样。他和江水洋已经很熟了，黎蓝却是第一次见。看得出他们俩似乎互有好感，祝亮还有一点害羞。我问黎蓝是否还在弹吉他，她伸出右手，说指甲已经剪了，不弹了。江水洋说：“自从听了你的音乐会，黎蓝便立志要弹钢琴了。”“你瞎编！”黎蓝红了脸。我正不知如何为她解围，祝亮突然很认真地问黎蓝：“你会弹

《小狗圆舞曲》吗?”黎蓝笑着摇头。“我教你，很简单。”祝亮坐到钢琴前，很流畅地弹了一遍。黎蓝果然坐到了祝亮身旁，祝亮将第一句重弹了一遍，黎蓝在琴上模仿了一遍，竟然丝毫不差。祝亮很得意，接着教下去。

“看来你弹钢琴的时间也不短。”我在一旁说道。黎蓝说:“上高中以前，母亲逼着我学琴，不知道为什么，我那时候就是不喜欢弹。后来借口考大学，就放弃了。”“是什么比钢琴更让你着迷呢?”她轻轻一笑:“书。高中三年，我着了魔似的拼命读书，读各种各样的书，读得差点没考上大学。上了大学倒读得少了，又迷上了吉他。真奇怪，是吧?”“不奇怪。”她抬头看看我，我看着她的眼睛，心里问:“你都读了些什么书呢? 这双熟悉的眼睛后面都藏着些什么秘密?”

黎蓝走了以后，连着下了近两周的雨。这是我第一次经历冬雨所带来的感觉，一切和北方的雪冬都不同。祝亮得了感冒，好几天都没来上课。我好像又回到了刚来这里时的冷清之中，半年来认识的朋友突然之间都消失了。似乎没有人知道我的存在，也没有人在意。

阴暗的下午，我打开那本哲学著作，毫无头绪地看了起来。“灵魂所时而触及的那些伟大的精神努力，都是它所没有把握住的事物；它仅仅是跳到那上面去的，而不像在宝座上那样是永远坐定的，并且仅仅是一瞬间而已。”“人既不是天使，又不是禽兽；但不幸就在于想表现为天使的人却表现为禽兽。”

楼梯间传来脚步声，这脚步声在我的门前停下。我无法分辨这是谁的脚步声，很轻盈，像是一个女孩子。来人似乎在门前犹豫，终于，响起了敲门声。我走过去打开门，看到黎蓝站在那里，脸被风吹得有些发红，手里的雨伞湿漉漉的。“没想到我会来吧。我在这附近办一件事情，突然想过来看看你在做什么。你这里又没有电话，我只好贸然前来了。”我伸手接过她的雨伞，说：“有些突然造访会让人感到惊喜，请进。”

“你在读他的书吗？”她走到桌前，一眼看到了那本摊开的书，好像也很惊喜。“称不上是在读，随手翻翻而已。”她又走到钢琴前，看了看鸽子的照片，没有问那是谁，而是拿起了琴上的乐谱。“在写新曲子吗？”“不，这是很久以前的一个灵感，一直没有写成，今天拿来试了试，还是很困难。”“为什么呢？”“不知道，总是找不到与之相配的流畅的发展，好像总是拼接上去的。”“我来试听一下。”她坐在钢琴前，试探性地熟悉了一下那个乐句，然后，以她的方式完整地弹了一遍。我呆住了。为什么从她的手指下弹出的这一灵感是那么清新而不同，而且在强烈地召唤着将与其成为一体的其他乐句。她看着我奇怪的表情，有点吃惊，甚至有点胆怯。“让我来。”我说道，在她让开之后坐在钢琴前，将刚才突然被激发出的乐思弹了出来，重复了一遍之后，又做了一些新的发展。我几乎完全忘了黎蓝的存在，全身心投入工作中。

暮色渐至，我终于感到精疲力竭了，突然一杯热水递到我面前。我惊愕地抬头，看到黎蓝微笑的脸，那么熟悉，那么亲近。这一刻像是在重复我们上次在那家饭店里的相遇。我接过水杯，问她："你冷吗?"她说："有一点儿。""那为什么不说？"我急忙走过去关窗，看到她脸色已冻得有些发紫，很过意不去。"我怕打断你，也许你的灵感正是从窗外某个地方飞进来的。""走吧，我请你吃晚饭，吃了饭就不冷了。""不用了，我跟婶婶说好要回去吃饭的。时间不早了，我也该回去了。""那下一次一定赏脸?"我恳切地望着她。她笑了，说："一定奉陪。""刚才的改动你觉得怎么样？"我有点紧张而迫切地等待着她的回答。"我的音乐知识还不足以跟上你的思路，无法具体说，只是有一些感觉，但现在似乎也无法用语言表达出来。等你完全写成，我再来完整地听，好吗?"

二

安似乎在空中守望我的灵魂。我每一次想要挣脱她的束缚，她都能觉察。接近新年的时候，我收到了一封信。

易，你好吗？

我生了一场病，所以迟迟没有给你回信。我还是留在了音乐学院，我生病的时候，他们对我很好。这学期没有给我安排课，我可以充分地休息，身体现在好多了。

新年你会回来吗？如果过多的依赖和束缚让你无法承受，我会尝试着独立一些。这几个月我不是已经做到了吗？

毕业音乐会上我演奏了你为我写的音诗，他们都很喜欢。还有，我正在为鸽子筹办画展。许多事都等着你来和我一起做。

爱你的安

这一天正是我答应了去看黎蓝的日子。我带着安的信，出发了。我沿着那条竖满梧桐雕像的路走着。安的信在胸口，沉甸甸的，但是很温暖。安的一切随着这封小小的信重新回到我身边，让我在这里半年的孤独生活突然中断了，消失了，好像什么也没发生过，好像我只是做了一个梦，或者只是外出旅行，现在又回到原来的生活中，又可以继续那里的一切。那首写给安的音诗在我耳边响起，我还从未听过安演奏它。回忆带着它厚重的温情在拖拽着我，有一刻我真的想立刻去买车票，立刻回到安那里。

又是那种阴而有风的天气，城市此时是灰色的。我对它来说仍然是个陌生人，一个外来的过客。我回想着自己半年来在这里经历的一切。难道它们抵不上安的几个字吗？安要使它们化作零，化作被弃掷的过去。

我走向一部公用电话。听筒那边传来黎蓝的声音。这是多么不同的声音，像是从这个世界之外传来的一般。我犹豫了。“黎蓝。”我叫了她的名字，她沉默了一瞬，听出是我。“易扬，是你吗？如果不好找，我到巴士站去接你。”这像是无法抗拒的命运所发出的邀请。“好吧。我穿一件深灰色风衣。”她笑了，说：“一会儿见。”

我走向巴士车站，心里想，当面和她道别也好。然后又很惊慌地发现，自己似乎已经决定要回去了。回到那种我刚刚逃出来的生活当中去吗？我惊恐地打了个寒战。

我踏上驶来的一辆巴士，朝着黎蓝等着我的那一站驰去。

我看到她了，透过车窗，看到她站在灰色的人群中，灰色的城市中，像一个从遥远的不知名的地方和时代走来的人一样，与众不同地伫立着。她在这样一个与她格格不入的城市驻留，原因竟是为了等我。我渴望着看到那双含着神秘笑意的眼睛，渴望在那里面忘记一切。

黎蓝仍然穿着那件黑色大衣，栗色的头发柔软地披在肩上。她看到我下了车，脸上浮起微笑，这笑容像是从心底一圈圈荡了出来。这笑容是给我的吗？我疑惑着，感到无限的卑微和幸福。

我们一起朝她叔叔的花园洋房走去。

北方的冬夜，我和安踏着厚厚的积雪，朝她的小屋走去。雪在脚下吱吱地响，我们刚刚听了一场音乐会，安还沉浸在刚才的音乐声中，不时小声地哼两句。那所小小的平房坐落在一个四合院内，安独自居住其中。我从来不问她的身世，直到我们相识半年后成了恋人，她才对我讲了自己的一切。

“这是我爷爷留给我奶奶的房子。他当年一个人去了台湾，再也没有消息，谁也不知道他是不是还活着。父亲为了和我母亲在一起，去了南方，但母亲一生下我便离开了这个世界。父亲受不了，竟然出了家，让朋友将我送给我奶奶，说，喜欢就留下，不喜欢就送孤儿院。奶奶哭了两天两夜，一边哭一边煮小米粥喂我。我就在这个小院子里长大。12岁的时候，奶奶生了病，她觉得自己支撑不下去了，给了我一点钱，让我去找父亲。我去了普陀山，路上吃了很多苦。但父亲不肯见我，只交给我一封写给朋友的信，就是那位将我送给奶奶的朋友。他传话说我有什么难处可以尽管找他这位朋友。我生了气，将那封信撕了。我那么辛苦去找他，是想让他回去看看奶奶，把她的病治好，没想到他是这样的人。我又一个人赶回了奶奶身边。奶奶似乎预感到发生了些什么，不忍心丢下我，硬是熬过了那场病。我们又相依为命了六年，直到我考进音乐学院。

“这院子里有一位退休的音乐教授，我小时候总站在他窗外听他弹琴，有一次被他发现了，问我是不是喜欢音乐。他也是一个人住，妻子去世了，儿女又都去了国外。从那以后我几乎天天去他家，我们相处得非常好，我的音乐知识都是他教的，后来我读音乐学院附中也是他极力主张的。奶奶本来不太愿意，但她从来都顺着我，看我坚持，也就同意了。奶奶看着我考完大学，就去世了。教授后来也去国外探亲了。我周末和假期都回小屋来住。我父亲始终没回来过，我从未见过他，也从未见过我的母亲。两个孤独的老人替他们完成了抚育我的任务。”

安在我的怀里说完这一切。我紧紧地拥着她，明白了为什么我第一眼看到她，就被她身上的一种强烈的孤独感所刺痛。她倚在我的胸前，诉说这一切没有让她十分伤感，她眼睛里有一种信赖和有所依托带来的幸福。那一刻她似乎将她的过去连同她的未来一起都交给了我。

黎蓝指着前面一个种着香樟树的院落说：“到了。”这是一幢两层的花园洋房，荫翳的樟树保持着浓绿，掩映着红砖墙。“这是在原来建筑的基础上翻修的，看上去很新吧？”“你的叔叔看来相当富有。”“他在国外待了多年，前几年才回来的。叔叔比我父亲小将近十岁，小时候我没有玩伴，很多时候都是他陪着我。那时候他在读书，看书看累了，就会跑来跟我玩。他至今还是很有童心的人，跟他在一起很轻松。不过你今天见不到他，他去美国了，大概半月后才回来。”

我们走进通向客厅的玻璃大门，迎面最引人注目的就是一架黑色的三角钢琴，衬着落地大窗后花园中的草地和花木。“这是一架斯坦威，不知道你是不是喜欢它的声音。”“平日谁弹它呢？”“我婶婶。她是一名建筑设计师，学过一段声乐，非常爱音乐。我叔叔总是说，他是被她的声音迷上的。一会儿你就会看到她的，她可能还在工作。你不想试试这架钢琴吗？”

我无法抵御地走到钢琴前坐下，打开琴盖。看得出这是一架非常出色的钢琴，我在上面随意按下一个乐句，立刻被它的声音迷住了。我抬头看了一眼窗外的草地，那绿色让我想起贝多芬的一首奏鸣曲。我开始演奏这支曲子，它在这架陌生的乐器下带给我全新的感受，每一个音符都像珍宝一样。

全曲结束了，我完全陶醉在这种新鲜的体验当中，忘了自己是在哪里。钢琴的余音还在四周回荡，像水面的涟漪一样慢慢散去。突然传来清脆的鼓掌声，我吃惊地回头，看到黎蓝微笑着站在那里，身边还有一位陌生的女士。我站了起来。

“我来给你们介绍一下。这是易扬，这是我婶婶，沐芬。”我这才仔细地看了看这个女人。她化了淡淡的妆，看不出确切的年龄，女人味十足，但神情又很奇特。“你好。”她的声音在我体内激起一丝战栗。

我从一开始就在本能地躲开沐芬，就像我从一开始就预感到自己躲不过她一样。我很少正面迎着她的目光，对她有意显得不大在乎。相反我可以安全地、毫无顾忌地看着黎蓝的眼睛，感受到心灵的安宁。

黎蓝带着我走进她的房间。这是一个整洁素雅的小世界，最多的东西就是书，临窗放着一瓶鲜花，墙角是一把吉他。我说，你好像不像别的女孩子那样需要一些玩偶，像什么毛茸茸的熊啊狗啊的。“我一直不明白她们为什么会喜欢那些东西。我更喜欢植物，喜欢花。”“早知道我今天就带一束给你。你最喜欢什么花？”“大部分花都喜欢，最喜欢的，可能是白色和蓝色的花吧。”我想起安的小院子里一年四季都养着花，我喜欢在一旁看她摆弄花，她教了许多的花名给我。现在这个季节，她窗前的腊梅花快开了吧。我想起腊梅的幽香，安的身上似乎总是有一股淡淡的腊梅香。“易扬，你怎么发呆了，想什么呢？”我笑了笑，问她：“你见过腊梅花吗？”黎蓝点点头：“我老家的院子后面，山坡上有很多这种花，到了深冬开放起来，家里都是香的。真想再回去看看啊，不知道那些腊梅还是不是照旧开。”说起花，黎蓝显得很热衷，这一点和安是那么像。

“那你小时候，是在乡下长大的了？”“对，我在奶奶家长到十岁，快上中学了才被接回城里。一开始可真不习惯，每天关在三室一厅的公寓里，闷得快发疯了。妈妈说我在乡下野惯了，变成了一个野丫头。她想让我静下来，就买了一架钢琴给我。结果不是音乐，而是爸爸满屋的书籍让我变乖了，经常不吃饭不睡觉地看。他们担心我看坏了眼睛，总要抢走我的书，甚至把我喜欢的书藏起来，因为有的书我会一遍一遍地看。”“你那时候都看些什么书？”“童话啦，小说啦，历史故事啦，什么都看，连妈妈的菜谱、爸爸养鱼种花的书我也看。”她停了一下接着说：“你读过莎士比亚吗？”“听说过一些。”“我十二岁的时候读了《罗密欧与朱丽叶》，心里感到从未有过的震动，当时便觉得，两个人如果真的深深相爱，结局一定很悲惨。我暗暗观察我的父母，发现在他们之间一点也看不到书上所写的‘爱情’的影子，我一边觉得放心，一边又感到失望。我觉得并不是书在骗我，而是应该把书和现实看作两个世界。”“现在还这么认为吗？”“现在，我觉得自己早早被书的世界吞噬了，整个人都变得很不现实，很难和这个真实的世界相容。上了大学之后，我开始有意转移自己的注意力，多与人交往，可是在关键的时候，总是向书逃去。我有一个男同学说，女人根本而言是不爱书的，即使她爱书，一旦她爱上了一个人，就会把这个人看得高于一切，否则她便不是真正的女人。”黎蓝抬头看着我，问：“你也这么看吗？爱书就缺少女人味吗？非得喜欢时装、脂粉、首饰，才像一个真正的女人吗？”她很认真，我暗暗笑着，反问她：“你果然不喜欢这些吗？”她摇头：“至少现在不喜欢。我觉得那是浪费时间。”“那么想象一下，有一天你的罗密欧来了，送给你一枚漂亮的戒指，你要拒绝他吗？”她笑了，说：“也许我一接受，他就被上帝召回天国了，那怎么办？”“嘘！不要说这样的话，你会比任何人都幸福的。”“凭什么这样说？”“凭直觉。”

我发现黎蓝和我更熟了以后，变得活泼了许多，甚至有些调皮。我们对彼此最初的印象似乎都变得模糊了，我们原以为已经相互了解，现在才发现了解的过程刚刚开始。我们热烈地聊着，我还从来没有和一个女孩子这么无所顾忌地谈天。和安在一起，温情和默契使我们更多的时候是沉默的。

天已经黑下来了，我必须告辞了。黎蓝留我一起吃晚饭，我想了一下，对她说：“我们不如一起出去吃饭，还可以再散散步。”她犹豫了一下，有些为难地说：“那婶婶怎么办？叔叔交代过我的，让我多陪陪她，特别强调让我监督她按时吃饭。”“她又不是小孩子。”“你不知道，她才真是一个小孩子，做什么都率性而为，叔叔又宠着她，从吃饭到穿衣，什么都照顾。不如让她和我们一起去吧，她人很可爱，又喜欢音乐，说不定你们还是知音呢！”我自知无法推托了，黎蓝说就这样定了，便立刻去找她的婶婶。

我们三人一起走在街上，黎蓝走在我们中间，显得兴致勃勃。沐芬其实差不多和我同龄，她带着那种高贵的矜持，但又言语柔和，似乎很好相处。她的声音是我听过的最优美动人的女中音，这不同一般的声音使她说出的每一个字、每一句话都显得很重要，令人侧耳细听。事实上她的确有一种语言的艺术，说话很节制，没有一字多余。更多的时候她带着那种神秘的、似笑非笑的神情保持着高贵的沉默。

我们在附近一家安静的饭馆落了座。等菜的时候，沐芬突然对我说："易先生，你喜欢舒伯特?"我笑了笑，反问道："你怎么知道？""那天我在新世界酒店听你弹他的即兴曲，弹得很好。"我想起来，就是我知道黎蓝名字的那个晚上，原来她也在座。"他的艺术歌曲，你可喜欢?"我点了点头，说："非常喜欢，只是没有和会唱歌的合作过，很遗憾。"黎蓝笑着说："我说你们两人可能是知音，可见我猜得不差。沐芬唱得最拿手的，就是舒伯特。改天一定要请你们两人同台合作。"

三

我从心里感到不安，因为我的生活似乎有了新的"入侵者”。我不知该怎么面对安，夜里我常常会渴望回到北方，回到她身边，早上醒来又会惧怕这样做。但这比起身边面临的新的危险，又使我感到安慰。安所引起的痛苦，现在已充满了一种混杂了思念的温情。我躲开了黎蓝，像是从她的世界里突然消失了一样。我开始放任自己思念安，沉浸在我们共有的回忆里。

我是怎么离开安的？鸽子死了以后，我把自己与世隔绝起来。我没有告诉安，就独自去了西北的荒漠，在那里折磨自己，以减轻内心的罪责。那些日子里安是怎么过的，我一无所知，也毫不关心，我对安的感情像是一夜之间死了一样。后来我回到城里，知道她在到处找我，仍旧躲着她。在我决计去南方之后，我去她的小屋和她告别。

那是一个初夏的上午，阳光很好，我的心情也较平静。我走进院子，一眼便看到安在那里给花草浇水。她看到我，呆住了，手里的喷壶掉在地上。我走过去，弯腰扶好喷壶，看着安。她瘦了好多，脸色苍白，眼睛里有无尽的忧伤，那是我最怕看到的。安摸摸我的手臂，像是在确定我是不是真的。在她开口之前，我说：“安，你看到了，我好好的，你不用为我担心。你也千万不要在我面前哭，否则我转身就走。”她点点头，努力挤出一丝微笑。我不敢看她，也不敢进屋，那小屋里全是让我窒息的回忆。我把带来的乐谱交给她，说："这是新写的一些作品，有为你写的一首音诗。安，我要走了，我想一个人静一段时间。"她接过乐谱，手在发抖，声音沙哑地问："你去哪儿?""去南方。""还回来吗?""我不知道。"

我们就这样说了再见。当我走到院门口，我预感到并一直担心的事发生了。安追上来，从后面抱住我，紧紧地抱着，不说一句话。我没有挣扎，也没有推开她，就那样站着。我的心开始低声哭泣，再延迟一刻我便会崩溃，会重新陷入她柔情的深渊。我抬脚要走，她松开了我，我头也不回地逃走了。

祝亮依然是我唯一允许自己接近的人。他的琴技进步很快，有些地方，甚至比我都弹得好。他总是充满好奇和热情，和他在一起我会暂时忘了一切，特别是最近，我甚至有些依赖于他的快乐了。

一天黄昏，我们上完了课，祝亮在兴致勃勃地给我讲他们学校里的事。我心不在焉地听着，突然脱口而出问他："祝亮，我有一个很好的朋友，她生了病，你说，我要不要去看她。"他对我的问题并不吃惊，毫不犹豫地回答道："当然去看啦！""问题是，呃，她是个女孩子——""女孩子就更应该看啦。我姐姐的男朋友要是来晚一步，她都会哭的。女孩子就是那样。"他显得很世故。"问题是，她在北方，我要是回去看她，她不再让我出来了怎么办？”“你又不是小孩子，她能管得了你吗？不像我，妈妈说不让我出去，我就得在家待着。我有时候真想立刻长大，像你一样，一个人住，想去哪儿就去哪儿。”我被他逗笑了。“说真的，你真觉得我该去看她？”祝亮想了一下，问：“她长得漂不漂亮？”“很漂亮，或者说我觉得她很漂亮。”“比黎蓝还漂亮？”“也许吧。”“那你很喜欢她了？”“以前很喜欢，现在，有点说不准。”“那你就回去弄清楚，看你到底还喜不喜欢她。”“那我要听你的主意回去了，你可要替我保密，谁也不告诉。”“你不想让别人知道你为一个女孩子回去了是不是？”我笑着点点头。他抬起右手，庄重地说：“我发誓，一定保密！”

事情就这样定了。我有点迷信儿童的判断力。圣诞节临近，我开始打点行装。安现在时刻都在我心里，我一遍遍想象她见到我时会有多么惊喜。在我买到回北方的火车票之后，我在一家较为安静的邮局拨通了黎蓝叔叔家的电话。一个很动听的女声传来，我想那一定是沐芬，我礼貌地问候了她，请她叫黎蓝来听电话。黎蓝的声音随后传来，她的声音带有一点童音，很纯洁。“易扬，你好吗？”“我很好。黎蓝，我要回北方一段时间，跟你告一声别。”她在那边停顿了一下：“是回家过新年吗？我叔叔回来了，我还和他说，想请你来我们家，开一个新年音乐会呢。真遗憾，你要走了。”“我也很遗憾，以后还会有机会的。”“那你什么时候回来？”“现在说不准，回去再看吧。祝你过一个快乐的新年。”“也祝你快乐。你回来了，要告诉我一声啊。”“一定。”

四

圣诞节前一天的清晨，我从北方那个城市熟悉的火车站里走出来，一种回家的、放松的感觉升上心头。安和我的一切过去都随这城市的出现而复活了。清冷的空气让我心情舒畅。我急于见到安，急于享受她见到我时的惊喜。“安，我回来了。你知道，不管我走多远，经历过什么，将要经历什么，我都会回到你那里。与别人是相遇，而在你那里，则是回家。”我没有做丝毫停顿，直接赶往北郊的那所小屋，我知道安一定在那里等我。

院子里有一些积雪，安的门外放着一盆小松树，一定是她特意买来的。我急切地敲响了门，眼睛紧盯着那扇无比熟悉的门。没有听到安走来开门的脚步声，我又大声敲了敲，听到里面微弱的答应。“她又生病了？”恐慌袭上我的心头。我不顾一切地推开门。

屋里光线很暗，拉开一道缝的窗帘将白日的光泻在安的床上。她躺在那里，很虚弱地看着我。“安！”我的呼唤泄露了我全部的爱、思念和心痛。我走上前去，半跪在她床边，握住她瘦削的手，她憔悴的样子让我心痛。她露出一丝微笑，说：“我知道你会回来的，我一大早起来就开了门；我还让邻居代我买了松树，这样你一来就知道我在等你。”我坐在她身旁拥抱着她。安终于伏在我肩上哭起来：“我还以为你再也不要我了。”我摸着她的头发，摸着她瘦弱的肩膀，喃喃地说：“我是坏蛋，我该死。我想你，安，非常非常想。”

整整半年里，为了尝试和过去告别，我没有给安打过一次电话，我自己的房间里也从未装电话。我只给她写了一封简短的信。我自己逃到一个陌生的世界里，却让她留在过去，让她承受思念和痛苦。我拥抱着她瘦弱的身体，半年前还那么青春圆润的身体，现在变得这么病弱。我吻着安泪湿的脸，心里不停地说，对不起，原谅我，我再也不会让你受苦了。她似乎听到了，用手捧着我的脸，抚摸着那上面的每一丝变化，我曾经是她的，现在也依然是她的。

我勤劳得像安的侍从。像是回到了以前，父母刚去世，由我来照顾鸽子，给她做饭。我去买菜，买各种各样的补品，做各种各样的好吃的，我恨不得安一夜之间就恢复到以前那样健康。安向音乐学院借了一架小钢琴，摆在我们的小屋里。我给她弹这半年来的新作品，讲述那场独奏音乐会的故事。她躺在床上，心满意足地看着我忙前忙后，脸上的笑意驱散了眼里的忧伤。只要她快乐，我做什么都愿意。

安说给鸽子筹办的画展已经就绪了，只等日期最后定下来。“等我完全好了，我们再去清理一下，看看还有什么遗漏的画作。”我点了点头。我知道这是鸽子一直盼望的事情，但是我不能保证自己有能力再去面对那些画。安猜透了我的心思。她说：“我说出来你不要生气。我觉得你在鸽子的事情上太脆弱。奶奶去世时，我虽然很伤心，但是我明白了生死其实没有什么严格的界限。死去的人希望我们记得他们，就像他们仍然活在我们当中一样，我们要跟他们交谈、沟通，这样他们的灵魂才会安宁，才不会感到孤独。他们不想让我们伤心，更不希望我们因为怕伤心而逃避他们。”我沉默着。我知道安是对的。“这半年来除了想你，我做得最多的事情就是和鸽子交谈，拉琴给她听。如果哪一天我太忙了疏忽了她，我就会感到她在伤心，在委屈。鸽子是个快乐的孩子，她一定希望看到我们也快乐。”

新年在一场大雪中度过。安的脸上渐渐丰满起来，气色也红润了许多。我们去结了冰的湖面上滑冰。安滑得要比我好，尽管她还有些虚弱。我说，安，你滑冰也像拉琴一样有把握。她笑起来，衬着白雪，笑容非常美。我这从来不喜欢照相的人，竟跑出老远去叫了一个摄影师，给我们照了几张合影。照片送到家里的时候，我拿着它说，我走到哪儿都要带着它。安笑了，但我看出她眼里有一丝不安。我知道她担心我不知什么时候又会突然离她而去。

鸽子的画展已经定了日期，我们都在为它做最后的准备。安所在的音乐学院也打算为我们举办一次专场音乐会。两件事情忙得我们不亦乐乎。我像一个最优秀最听话的男人那样，做一切让安感到高兴的事。我开始害怕自己真的会失去那种孤独的、自由的日子，唯一的安慰就是，这一切都是暂时的，都是有限度的。安似乎本能地感到了这一点，我看出她在抓紧分分秒秒的时间享受幸福的时光。

一个多月过去了，我比自己想象的要滞留得长得多。安每天都在希望我改变主意，放弃离去的打算。但我知道这一天越来越近了。再这样下去，我又会像以前一样开始伤害她。

终于有一天，我背着安去买了车票。买到票以后，我又去了一家首饰店，买了一枚银戒指。它的光泽很柔和，怪不得人们说，银子般的月光。我带着它回到了安那里。安在做晚饭，晚饭不知为什么很丰盛。难道她已预感到我要走了吗？

我们没怎么说话，默默地吃完了饭。放下碗筷后，我看着安，刚想开口时，安说：“你买到车票了？”我沉默了片刻，说：“后天的。后天下午5点钟。”安沉默着。过了一会儿，她开始一句话不说地收拾桌子，然后默默地洗餐具。我走过去想帮她，被她推开了。她躲着我的目光，说，我想听舒伯特，随便弹他的什么吧。我听出她已经在哭，只不过强忍着不让我看到。

我坐在钢琴前，开始弹一首奏鸣曲，因为它听上去似乎不那么忧伤。不知什么时候，安已经静静地坐在我身后了。我听得到她的呼吸，听到她终于忍不住哭起来。我停下来，安说，不不，不要停下，继续。我便在她的哭声中接着弹，直到她重新平静下来。全曲结束了。屋里一片安静，我抬起右手，等着。安走过来，拿起我的手吻了吻，静静站在身后。我转过身来，从胸前的衣袋里掏出那只小盒子，放在安的手上，说："打开来看看。"

我把那枚银戒指戴在安的无名指上，说："安，如果有一天我做出对不起你的事，你就带着它来惩罚我。我不能没有你，但是我也不能没有自己，没有孤独。我不想重复以前发生的事，这么长时间了，你应该是这个世界上最了解我的人。原谅我。"我吻了吻她手上的戒指。她抬起眼睛看着我。她的目光里交织着幸福和悲伤。在接下来的两个晚上，我和安挤在那张单人床上，我们相拥而眠。安始终戴着那枚戒指，它闪着月光一样的银色，看着我们。

第三章

一

这里的春寒持续很久，但三月初到处都是春意。樟树萌发了一层新绿，像雾一样向街的另一端散去。我回到这里已经半个多月了。除了祝亮，没有人知道我在这个城市。也许是和安一起相处了太长的日子，我极需要一个人过一段时间。我的房间里依然没有装电话。

祝亮的琴艺又有了很大长进，我开始相信总有一天他会超过我。我在房间里挂了一幅鸽子的画。通过杜质我认识了这里的几个画家，无事的下午我会去他们的画室看他们作画，就像以前习惯于看鸽子作画一样。也许不同的创作事实上都是同一个过程，经常不是他们的作品，而是他们的动作及用来创造的时间激发了我的灵感和类似的欲望。

我带来了安为我买的一台唱机，可以放 CD。穆索尔斯基的音乐成了我研究的范本。我想把作曲的范围扩大到管弦乐，但我当初主修的是钢琴而不是作曲，因此要学的东西很多。拉威尔改编的《图画展览会》和穆索尔斯基原作之间的比较是我做的第一件功课。我发现自己对乐器的认识还远远不够。我找到了杜质，告诉他我想认识一个像样的指挥。他答应了。几天后他告诉我，他和歌剧院的首席指挥说好了，星期五我可以去听他们排练。

这位指挥家名叫陈钟，我从未听过他的音乐会，倒是听人说起过他有着传奇般的经历。据说他在德国待了七年，从一个城市到另一个城市，四处拜师学艺，但他跟随一个老师从不超过一年半的时间。

星期五下午，我早早地来到了他们的排练厅，这是歌剧院后面一个较为隐蔽的大厅，像是由一个弃而不用的剧院改建而成。大厅正面的墙壁上爬满了常春藤的枝蔓，使整个建筑显得破败而神秘，和不远处金碧辉煌的歌剧院恰成对比。我走进了剧院，门开处，听到里面嘈杂的管弦乐练习声。杜质从里面迎着我走过来，他带我到一个不太显眼的座位坐下，说，陈钟还没到，等他们排练结束我再介绍你们认识，他脾气很怪，工作之前不许任何人打扰。

杜质有事先离开了，我一个人静静地坐在那里，没有人注意到我。过了约十分钟，大厅里突然安静下来，我注目台上，看到一个人从后台走上来，心想这便是那位指挥了，我看不大清他的面庞，只看到他瘦高的身影，年龄似乎比我大不了多少。

他们今天排练的是斯克里亚宾的《狂喜之诗》，这是我喜欢的一部作品。陈钟开始讲话了，他的语调很威严，冷冷的，让陌生人感到很不友好。他在讲作品中有一段的处理，在批评一个单簧管手，说他的速度很僵硬，没有自发的灵动感。紧接着他们便开始试奏这一段。我非常后悔没有带一部总谱来。不过这部作品我很熟悉，我听过不同的指挥演绎它。歌剧院的乐手们的确令人不敢恭维，他们对音色的把握不够，相互之间的默契也不够。我明白指挥为什么那么严厉了，要想依靠这样一支乐队传达出斯克里亚宾作品的精髓，看来是一件艰巨的工作。

陈钟已经第三次叫停了，他似乎很有耐心，一点点雕琢着。我有点坐不住了，这种排练对我的用处似乎不大。我打算离开了。我悄悄走到门口，轻轻地拉门出去，一眼看到外面一个熟悉的身影。是沐芬。她也一眼看到了我，微笑着。我走到她面前，第一次直视着她的眼睛。她的眼睛很美。“易先生，你来这里听排练？”“对。你呢？”“我等一个朋友。你怎么不听了？”“听排练很需要耐心，我好像缺乏这个。”“你认识陈钟？”“不，还不认识，也算是慕名而来。你认识他？”她点了点头，微微一笑。“对了，这剧院旁边有一家不错的唱片店，你可以去看看，也不枉来了一趟。”她说着指了指左手的方向。我突然想起杜质，便问她：“你可认识音乐厅的杜质？”她点了点头。“那你如果见到他，请转告他我先走了。”她说好。我们道了再见。

沐芬让我想起了黎蓝。回来这么久，我还没有和她打招呼。我心里突然涌起一股冲动，想要立刻见到她。我走向街上的电话亭。电话响了，那边传来黎蓝纯洁的声音。“黎蓝，是我。”我微笑着说。“易扬，是你吗？”她的声音里传出惊喜，“你回来了？”“对。你有没有空？”“现在吗？”“对，如果可能，我想请你喝咖啡。”“你在哪儿？”“我在歌剧院附近。”“那好，那边靠近绿江宾馆的地方有一家水上花咖啡馆，你在那里等我好吗？”“好，不见不散。”

在去咖啡馆之前，我去了沐芬所说的那家唱片店，那里果然不错，好东西不少。我买了两张雅那切克的四重奏，还买了俄国一个不出名指挥的《狂喜之诗》。

那家水上花离得很近，我走进去，里面很清幽，没有多少客人。我坐在一个靠窗的位置上等黎蓝。店里在放肖邦的玛祖卡。我拿了新买的一张雅那切克，走过去问可不可以放出来听。老板慨然答应了。

店里很静，在咖啡的香味里那弦乐的声音显得很迷人。

在第一首四重奏即将结束的时候，黎蓝走了进来。她穿了一件米黄色的风衣，像一枝黄百合一样飘了进来。她和老板在打招呼，显然他们很熟。她在我面前坐下，我们仔细打量着对方，然后不觉都笑了。

第二首四重奏开始了。老板亲自为我们端来了咖啡。“老项，我给你介绍，这是易扬。”我和老板握了握手。黎蓝问老项在放谁的曲子。老项指了指我：“你问他吧。是他带来的。这音乐我很喜欢。”他说着走开了。“这是雅那切克的四重奏。我刚才买到，等不及想听。我买了两张，这一张送给你。”她接过那张特意包装了一下的唱片，很珍惜地捧着，然后倾听着那在我们身边流淌的旋律。我也在留心地听，今天的雅那切克比以往任何时候都动人。

“你回家过得好吧？”曲终的时候，黎蓝微笑着问我。我点点头，回问道：“你呢？”“我父母来这里过春节，我主要的任务是陪他们。”“这里有什么新闻吗？”“你指音乐吧？有一支德国的乐队来，演奏了几首巴赫。还有陈钟的一场舒曼作品音乐会。”“是什么曲目？”“一首交响乐，一首钢琴协奏曲。”“谁的独奏？”“一个现在正出名的钢琴家，叫徐清。”“徐清？”“你认识他？对了，据说他也是你那所音乐学院毕业的。”“他是我的同班同学，”我笑了一下说，“一个很聪明的人。你喜欢他的演奏吗？”“我没有去听。我不大喜欢舒曼。沐芬去听了。她说——”“她说什么？”“她说，如果是你的话，也许会演奏得更好。”我笑着问黎蓝：“你信这话吗？”“我没有亲自去听，不好妄下断语。”我摇了摇头：“我很少弹舒曼。这一点我们很投合。”黎蓝微微一笑，说：“不过沐芬也不是随便说的，她对音乐有很好的判断力。对了，你怎么会来这里的?”

我跟她讲了刚才的事，看到她笑起来。“你要认识陈钟，我可以引介。”“你认识他?好像你的婶婶也认识他。”“岂止是认识，他们俩曾是同门师兄妹，关系很好，只不过沐芬从不愿真正涉足音乐界。陈钟是我叔叔家的座上客，和我叔叔也很熟。我见过他几次，虽不是很熟，但彼此印象还不错。改天约你们一起去我叔叔家吧，陈钟如果认识你，也一定很高兴的。”

我们离开了咖啡馆，外面已近黄昏时分。说好了黎蓝下次去我那里听我的新作。我看着她上了车，挥手道了再见。

当我回到那条熟悉的小巷时，天色已黑。夹竹桃在这个季节沉默着没有花朵，我静静地从它们的枝叶旁走过。路旁一个报亭上的电话机进入我的视线。我该给安打电话了。这个时候她应该在吃晚饭吧。我拿起了电话，却又犹豫了。想到她可能正在等我的电话，我终于拨通了那个熟悉的号码。传来安的声音，那是一种温柔而忧伤的声音，让我心碎。“易扬，你不要老是吃一样东西，这样下去身体会受不了的。多吃青菜、鸡蛋和水果，记住了吗?”“你放心吧，我没事。这学期排了课吗?”“有一门课，学生不多，应该不累的。不过过几天要去外地演出，院长亲自来说的，逃不了了。”“去多久?”“一个星期。我本想争取去你那里，但是这次不行。以后吧。有机会我就去看你。”

二

再一次坐在黎家的那架斯坦威前，是一个月后的一个周末的夜晚。外面春雨绵绵，大厅里灯火通明。陈钟、沐芬、黎蓝和她的叔叔黎羽光在听我为他们演奏斯克里亚宾的奏鸣曲。我和陈钟就在这里结识了。他说他一直在找我，找那个扔下观众拂袖而去的钢琴家；我说我去看过他排练《狂喜之诗》，今天这首奏鸣曲也算是对他的应答。我们相视而笑。我们不顾旁人地聊起来，变得很兴奋，两个人都滔滔不绝，然后又突然停下来，哈哈大笑。黎蓝走过来，有些嫉妒地说：“早知道你们这样一见如故，我也不用费心为你们营造良机了。”我讲了个音乐学院里的笑话，她和陈钟一起大笑起来。沐芬挽着丈夫走过来，黎羽光对我说：“易先生，沐芬最喜欢唱舒伯特，能否请你为她伴奏，我很久没有听她唱了。”沐芬不置可否，没有一般人的推辞谦逊，似笑非笑地看着我。我此刻心情很好，放下了任何戒备，径直朝钢琴走去。

《致音乐》。沐芬站在琴旁开始唱，用德语唱，她的德语发音毫无瑕疵。这是我第一次听沐芬唱歌。我被她发出的第一个音符所震撼，她的声音直入我的身心，激起我体内的战栗。她的声音像一个窃贼，无法防御地潜入我最隐秘的地方，洞悉了那里的一切。我想要停止，想要赶出这侵犯者，却被她深深迷醉。一曲终了，大家在鼓掌，我看到黎羽光上前来从背后亲密地拥抱沐芬，沐芬却看着我。我闭上眼睛，深深吸了一口气，开始弹那首《水上吟》。沐芬和着琴声唱了下去。

那一晚后来的时间里，我比以前更谨慎地躲避着沐芬的目光，我对她比对任何一个人都礼貌，尽力使自己在同陈钟和黎蓝的愉快交谈中忘记她的存在。她很安静，在唱了两首歌以后更少说话。道别的那一刻我看着她，想用目光为自己的冷淡做一点补偿，但是她报复般地垂着眼睑，依偎着自己的丈夫，冰冷而礼貌地说了声“再见”。这一刻我突然感到一种冲动，很想上前将她从黎羽光的身边夺过来，不顾一切地亲吻那唱出美妙歌声的樱唇。“易扬，我送你到车站吧。”黎蓝纯净的声音像是从另一个世界传来，我一下子清醒过来。

春雨依然若有若无地飘着，我和黎蓝慢慢走着，心里渐渐恢复平静。“你大几了？”我突然问她。

“大三。”她看看我，笑了笑。

“毕业以后想做什么？”

“读研究生吧。”

“我讲个笑话你听。有一次我在路上听到一个小男生讲：女研究生一般都是比较丑的，不丑是不会去做研究的；到了女博士那就更丑了，丑得没人要才去读博士的。”

黎蓝笑起来，问我："那我呢？是不是现在就已经没人要呢？"

"人又不是东西，可以要来要去。"

"谁也无法拥有另一个人吗？"她突然很严肃地问。

"我想是的，无论是不是出于爱，想要拥有，往往是想要占有。"

她沉默了。我继续前面的话题，问她："读完研究生，想做什么呢？"

"也许去国外待一段吧。我父亲和叔叔非常想让我留学。"

"留完学呢？你总要选择做点什么吧。"

"也许是写书，也许会给你这样的音乐家写传记。"她笑着说。

"谢谢你这么看得起我。不过我现在还远不是音乐家，或者说，远不是一个艺术家。"

"你觉得什么样的人才称得上是艺术家？"

"比如贝多芬、舒伯特、斯克里亚宾，还有我妹妹。她是一个不为人知的艺术家。"

"她在哪里？"

"她离我很远。她是个画家。"

"是你房间里那幅画的作者？"

"对。以后我再跟你讲她的故事吧。也许她倒是值得被写进书里。"

车站到了，我转身看着黎蓝的眼睛，这双像黑宝石一样的眼睛，有一种神秘的安宁，让我在面对它们的时候感到如此沉静，如此清晰地感受到自我。

三

陈钟请我到他的家里做客，我答应了，而且很快便付诸了实施。他独自住在靠近城郊的一套公寓里，房子空间很大，布置却十分朴素，和黎家的豪华截然不同。客厅有一套很不错的音响，无数张唱片构成又一层墙壁，中间露出夏加尔的那幅《古老的维台普斯克》，一个背负行囊的老人穿行在村庄的夜空。和客厅相通的是书房，一个相当大的书房，满架的书拥着窗前的一架钢琴和一个小小的茶几，茶几旁是一把老藤椅，一本摊开的书放在茶几上。

我问他为什么住得离城里那么远，这样去排练或演出不是很费时间？他不说话，领我到客厅和书房共用的大阳台上。“这里视野很开阔，可以看到日出、星光和月亮，我是个喜欢早起的人，看到日出对我很重要。”他说，“你猜我第一次走到这阳台上，耳边浮现的是谁的音乐？”“我现在脑子里听到的是勃拉姆斯第二钢琴协奏曲的第一乐章。”我看着远处的树丛说。他在我身后沉默着，我回头看他，只见他脸上露出诧异和惊喜的神情。“怎么？你听到的也是这个?”他点了点头，我们相视大笑。

陈钟比我大了八九岁，这让我有点吃惊，因为我一开始丝毫没有感到我们年龄上的差距。有一点我们很相似，那就是都没有读完大学。他说自己本不是学音乐的，而是按父母的意思在一所重点大学里读生物系，不到大三便逃了出来，去考音乐学院作曲系，没有考上，却被指挥系的一位老教授看中了，收了他做旁听生。那位老教授的夫人是教声乐的，沐芬就是她的学生。

“我的乐器功底不好，学得很杂、不彻底。小时候学过一段时间小提琴，后来左肩受了点伤，放了一段时间，最后干脆放弃了，改学钢琴。到了高中，迷上了铜管，吹了两年小号，进了大学后又改吹单簧管。虽然哪一样都不成材，不过对做指挥倒是很有用。”

“怎么会想起去考作曲系呢?”

“因为作曲家在当时的我看来很了不起。而且年轻人有无限的创作冲动，我那时总觉得有很多乐思和旋律在我心里，作曲应当不是件难事。后来我的导师告诉我，我的记忆力太好，脑子里把别人的音乐记得太牢，不大适合创作。我带给他们的作品，他给我做了分析，是众多作曲家音乐的拼合，自己的东西不多。”

“你信了他说的?”

“我当时自然不服气，也不全信。但是作曲系拒绝了我，导师给了我一个难得的机会，我当时就是想进音乐学院，觉得那里才是我待的地方。现在回头去看，我的老师很敏锐，记下交响乐的总谱对我来说轻而易举，但要创作出属于我的音乐，似乎是很难的一件事。你呢？怎么会从人人羡慕的钢琴王子的位置逃走了呢？我听徐清提起过你。每次提起你，他总是很惋惜地摇头说，‘易扬那小子要是不放弃，今天不知红成什么样了’。你是他们公认的最有天赋的一个学生。”

“是最不听话的学生。我那时对学院体系的音乐教育很反感，加上个人的一些原因，就逃走了。浪荡了三年，一无所成，又回到钢琴上了。”

“是怎么开始作曲的？”

“以前便作，不过那时毫无信心，也不喜欢拿给别人听，总是当礼物写给亲近的人。后来竟然成了习惯，无法摆脱了。如果心里有东西不写出来，就会很难过，寝食不安，直到把它完成了才会安宁下来。不过现在仅限于钢琴作品，还有一些吉他曲，都是小品。”

“想朝着管弦乐发展吗？”

“对。我觉得有很多复杂的感觉需要丰富的色彩和织体来支持，钢琴似乎限制了我的想象。这是我去听你排练的主要原因。”

“次要原因呢？”

“好奇吧。你的传奇经历我已经有所耳闻。我需要一位真正的音乐上的朋友。”

陈钟认真看了我一眼，平静地说：“我建议你做一些练习，比如将自己的或者自己感兴趣的作品改编成管弦乐，我来负责为你演奏，做上几首心里就有底了。我这里有一些总谱，你拿去看吧。”

我从陈钟那里席卷了一大包“食粮”，足足两个星期埋头在房间里，直至做完了我的第一首管弦乐习作。

四

两个星期以来祝亮是我的唯一伙伴，他在我这里无拘无束，像个真正的孩子，和他在一起我也可以趁机放松一下，做一些很顽皮的举动。有一天祝亮带来了一束叫不上名字的花，我才突然意识到春天来了。

“你喜欢花？”我问祝亮。

他点点头：“姐姐笑话我，说女孩子才喜欢花。这是我从她的花瓶里偷出来的，她昨天和男朋友踏青去了，怎么也不肯带我。”

“你就报复她？”

他说是。“易扬哥，你也喜欢花吧？”

我点点头，说：“我喜欢的女人都爱花，被她们传染的。”

“黎蓝姐姐也是你喜欢的女人喽？我上次看到她对着街边的花发呆呢。”

“这个问题暂时不回答你。你不是想踏青吗？我们俩去怎么样？”

他欢呼雀跃起来。“最好再带上一个女孩子。”他很世故的样子建议道。

“你看上哪个了？”

“就带黎蓝姐姐吧。”

“看来你喜欢她喽？”

“这个问题暂时不回答你。”

黎蓝、我，还有祝亮，我们三个人去踏青。“正是江南好风景”，春柳如丝，许多花都在盛期，由我这个大孩子带领着比我小的女孩子和男孩子在春天里疯跑。这让我似乎回到了童年，我带着鸽子，还有一只风筝，漫山遍野地跑。

从钢筋水泥里挣脱出来，楼群的影子罩在人们脸上的面具突然融化了。即使是祝亮和黎蓝，也显得比往日更接近本性。祝亮像骑士一样为黎蓝四处采花，除了给她头上加了一顶花冠之外，还给她衣服上所有有缝隙的地方都插满了花朵。这个亚麻色头发的少女任凭我们两个装扮，也不挑剔。她在春风、春水的映衬下，非常像波提切利画中的女神。鸽子如果在就好了，她一定会把黎蓝很传神地画下来。

“在想什么？”黎蓝见我默然不语，歪着头看我。我看着她忍不住微微一笑。“在想一个和你一样大的女孩子。”“是吗?”她垂下眼睑，有点扫兴的样子。“她叫鸽子，和你一样喜欢莫扎特。”“也会弹琴？”“对，她高兴的时候会弹一点，不过她更喜欢听我弹，说自己弹太麻烦了，还不能专心地听。”“这倒是和我小时候想的一样。”她深深吸了一口气，眼睛看着远处。我看不见她的表情，我们沉默了片刻。“鸽子就是我的妹妹，父母去世后，她是我唯一的亲人。我们一直在一起，很少分开。”

黎蓝转过头，凝视着我的眼睛。她的神情有点飘忽，似忧似喜，难以描摹。“鸽子——”她顿了一下，像是在熟悉这个名字，“她现在在哪儿？”“她留在北方了。她可能更喜欢那里。这是我们第一次分开。”“她是不是喜欢上了谁，不然怎么会让你离开?”我看着她澄澈的眸子，那里面正有一丝熟悉的笑意在荡起。我点点头:“你一下子就猜中了。”“祝亮，你跑什么——”她突然朝远处油菜花丛里飞速移动的黑脑袋喊道。“一只彩蝶，有手掌大，快来看呀——”祝亮狂喜的声音传来，黎蓝忘了我的存在一般飞了过去:“在哪儿——”

这句话的余音落在一个音符上，这个音符在我的心里回荡，一首简朴而明快的曲调随着眼前的春意涌上来。我掏出纸和笔把它飞速地记下来。这是一首有关黎蓝和春天的歌，我为它起名为《云雀》，由单簧管和钢琴的对答形成。

五

春游之后的一个晚上，我带着那首刚刚完成的《云雀》和那首管弦乐习作第二次去了陈钟那里。我们没说几句话就开始试奏《云雀》，我奏钢琴部分，陈钟奏单簧管。他的单簧管功底还是不错的。曲子大概十五分钟的长度。试奏完毕了，我期待地看着这位指挥。他放下乐器，拿起乐谱，凝着眉深思。我静等他开口。

“你有没有想过把它发展成一支协奏曲？我觉得有些意犹未尽。”

“还用单簧管吗？”

“如果是小提琴呢？会不会是另一种感觉？”

“我担心那样会落入前人的窠臼，很难写出新意。还是室内乐的形式更适合这首作品的心境。不过你提醒了我，我可以把它再发展一下，首乐章是一段单簧管独奏，接着钢琴进入，末乐章单簧管退出。”

“或者首乐章一段钢琴独奏，再单簧管进入，最后留下单簧管。”

“两个版本？”

“都试一下！”

我们相视而笑。当晚我住在陈钟的房子里，我又演奏了一些以前的作品给他听。我们聊到很晚，听他讲在德国的求学经历，讲他印象深刻的一些音乐家。听他提起了沐芬，我不觉问道：“这位黎太太倒是很有才华，她为什么不搞音乐呢？”“她性格很孤僻，不大喜欢和太多的人来往，让她登台演出那简直难以想象。我们师兄妹也都认为她才华出众，但是人各有志，她做设计师似乎过得也很幸福。”“她那晚唱歌启发了我，我想写一些用中文演唱的艺术歌曲，可是找不到合适的诗词。”“眼前就有一位诗人可以帮你。”“谁？”“黎蓝。”“黎蓝？她写诗？怎么她从未和我说起过？”“她已经有一本小小的诗集出版了，我很喜欢她的诗。你等着，我去找找看。”

陈钟去书房找书了，我陷入深思。难怪黎蓝的气质里有一种很特别的东西，她应当是一个诗人，不然她会是什么呢？

陈钟拿来了一本薄薄的诗集，我打开来，随便翻到一页，看到这样一首诗：

鸟鸣
和清晨最初的光
一起穿过
我的窗
和记不清的梦

越来越多的飞翔歌手
聚集在窗外的树丛

在晨昏之际

对比它们的歌喉

这首诗似乎是为我刚写成的《云雀》所做的注解，透过诗句我似乎看到黎蓝明亮的眸子，一句新的旋律又在我心底隐隐涌动。我顾不得陈钟怎么想，拿着诗集便走到钢琴旁，开始捕捉那支若隐若现的曲子。

陈钟将那本诗集借给了我，我在他那里待了一天，带着一首新作的乐曲回到我的陋室。这是为黎蓝的诗谱写的，类似舒伯特他们的“艺术歌曲”，我喜欢将这种体裁称为“琴歌”。我尝试着像舒伯特那样，让有词歌和无词歌同时发声，让人声和乐器表达各自的情感，两者形成呼应和对比。

写成之后我将它放了几天，几天里一直在读黎蓝的诗，我很喜欢她的诗。我不是一个爱读诗的人，以前总是鸽子在一旁为我朗读她喜欢的诗歌。我并不懂诗歌，但我可以辨别出诗人的语言有没有音乐的感觉，这足以证明他是不是一个艺术家。黎蓝的语言里有一种清新优美的韵律，它激发了我的创作欲望。

六

星期六下午，黎蓝应邀前来，我要给她一个惊喜。黎蓝带给我一袋水果和一本书。我顾不得看她带的是什么书，便让她坐下听我弹琴。听到我用自己不太动听的嗓音唱出那首诗时，我能感觉到她的惊讶。她一言不发地听我唱完，站起来，我回头看着她，得意地笑了笑。真应该用相机将她脸上的复杂表情记录下来。

“易扬，你，你在哪里找到这首诗的？”

我板起面孔看着她：“我正要质问你呢。为什么以前不告诉我你在写诗？”

“我，我从来不告诉别人这个的，对你，就更怕你笑话了。”

“我笑话了吗？”

“这是你专为这首诗写的曲子？”

“对，舒伯特式的体裁，我叫它琴歌。你觉得还配得上你的诗吗？”

“岂止配得上，简直让我耳目一新，我都不大相信那是我写的句子。”黎蓝的惊喜溢于言表。这是我认识她以来，她表现出的最快乐的样子。

“看来我们想到一起去了，你瞧，我给你带来了一本李贺的诗集，有一晚我读他的诗，觉得那铿锵的音韵很适合谱成曲子，今天就给你带来了。没想到我自己倒先于李贺得到青睐了。实在惭愧。对了，你到底从哪里看到它的?”

我从抽屉里拿出那本诗集，说:“陈钟那里。我读完了，有好几首都想作成曲子。”

黎蓝自己在钢琴上又试了刚才那首琴歌，哼唱了几句，她的声音很好听。

“喜欢吗?”我看着她郑重问道。

她点点头，指着第三句说:“我特别喜欢这一句，它和我想要的感觉是一样的。”她本来一直看着乐谱，突然感觉到了我的目光，抬起头来，正遇到我的眼睛。我觉得自己的眼睛流露出一种难以控制的感情，想要将它注入这双纯洁的眼睛中，让它们更快乐。黎蓝察觉了，她像是被惊动了一样，本能地防卫性地垂下眼睑，脸上掠过一丝羞怯，但那只是一瞬间，很快她又勇敢地迎着我的目光。我笑了笑，冲她挤了挤眼，这一刻我突然意识到，她唤起了我对鸽子的那种怜爱的感觉，这种感情像她的眼睛一样纯洁，没有邪念。

整整一个下午我们都在这个小小的房间里，我为她演奏我的《云雀》，但没有告诉她这曲子也是因她而起;她讲述自己对诗歌的理解，以及对我的作品的感觉。时光很快地流逝，屋内的光线越来越暗，已经到了掌灯时分了。黎蓝站起来说:“易扬，你饿了吧?我知道你们北方人一定爱吃面，今天我请客，我们一起去吃面吧。”我拍手称快。临走时，黎蓝问我："这首琴歌，你可愿意我带回去给沐芬试一下?"我沉吟了一下，说："还是等我写了更多的出来再说吧。"

我们走进一家面馆对面坐下。和黎蓝在一起，我有一种难以说出的安宁的感觉，我们像是前世便已相识的知己一样亲近。

"易扬，你的妹妹，鸽子，她好吗？"等面的时候黎蓝问我。

"她很好。"我微笑了一下，垂下眼睑。我觉得自己的微笑有些僵硬。此情此景，真如以前在北方那样，我和鸽子晚上常出来吃面，她总是要分出自己的面给我，又喜欢从我的碗里吃，说我碗里的不知为什么味道香。

"你一定很想念她。"黎蓝轻声说。

我点点头，看着她笑了笑，心里却有一阵刺痛。时间真的可以疗伤。我已不似去年那样伤感，有时为了避免伤感，有意地不去回想，有意地躲开那种思念。鸽子的灵魂也不再像去年那样时时刻刻跟随着我了，也许她已经适应了另一世界的生活，在那里也找到了自己的快乐。

面端上来了，我有些神思恍惚，时光似乎又倒流了，坐在面前的还是我那可爱的妹妹，喜欢撒娇的小鸽子。我等着她把面分到我碗里，再从我的碗里抢着吃。

"易扬，我的面太多了，分给你一些吧。"对面的女孩子说，可那似乎不是鸽子的声音。

“易扬，你怎么了?”

我惊醒了，黎蓝有些担心地看着我。我举起筷子，很夸张地说，吃面，吃面!

那首写给鸽子的歌从心底升上来，像一缕穿透心肺的忧伤，一直升到我的眼中，化成了泪水。好孩子，你看到哥哥和别人吃面，怕我忘了你，是不是?所以你也来了?好吧，来，从哥哥的碗里吃吧，吃吧。我心里对鸽子说着，怕黎蓝看到我的眼，只好埋头吃面。

一张纸巾递到我手里，那么温柔。我接过来，用它蒙住自己的脸。

七

我过了一段比较积极的日子，和陈钟交往，学习作曲，按时给安打电话，和黎蓝一起修改作品，教祝亮弹新曲，忙碌而有序。但这样安定正常的时光似乎总不真正属于我，我只在用半个心活着，似乎总有另一个我疲惫地嘲讽地观望着。那个不安定的、不驯服的、不可测度的我是幸福生活的敌人，他会随时出现，将我从现有的一切秩序中带走。

梅雨时节，细雨一直下着，阴暗的天色令人绝望。醒来时已是九点多了，望着窗外湿漉漉的梧桐树叶，听着持续的雨声，我对自己的生活感到极度的厌倦。昨晚给安打电话，她说要来看我，声音里充满抑郁和伤感。我能体会她的思念、孤独，可我不愿她来，不愿让自己陷入她的爱的包围之中，我对这里的一切已经厌倦，她还要来增添和加重我的心理负担。可我怎么拒绝她呢？伤害她会让我自己首先受不了。“易扬，五月底你过生日的时候我就去，再忙我也会去，你不要反对我。”她似乎已感觉到我不愿她来，声音像是哀求，带着绝望。可怜的安，是你在赐予我这世间最珍贵的爱，为什么还要用这种哀求的声音？也许你轻视我、忽略我才是我应得的，才会让我心安。不，那样也不行，一想到安会疏远我，不再像现在这样爱我，我就觉得自己像一条流浪狗一样可怜。

“安，开心点，不要担心我，我在这儿很用功，没有浪费时间，过两天我把新写的曲子寄给你。这学期很快就完了，放了暑假我就回去，有长长两个月等着我们。”我慷慨地许诺着，自己也不知道这些诺言有多少可能实现。我用尽一切温存安抚着她，才让她放弃了来看我的打算。放下电话，我觉得自己既没有现在，连将来也被劫走了，心里空空的一无所有。

走吧，离开这儿，走得越远越好。我从床上坐起来的一瞬间，就已经下定了决心。吃完了最后一片面包，我收拾了简单的行装，打算悄悄走掉。鸽子从钢琴上的照片里看着我，似乎在说，哥哥，你又成了那个发疯的易扬了。我拿着照片，端详了她一阵，似乎看到她眼里的同情和理解。所有的人里，只有鸽子了解并接受这样一个真实的我。我亲爱的小鸽子，陪哥哥去旅行吧，我们飞得远远的。

我在中午时分赶到火车站，买了傍晚去另一个城市的车票。还有半天时间，我可以从容地吃午饭，再瞎逛一会儿。

细雨迷蒙的午后，我在街上毫无目标地闲走，忽然听到有吉他声传来。啊，我久违的朋友。我循声望去，看到那家吉他店，就是我第一次看到黎蓝的地方。我犹豫了一下，没有走进去，却突然想去和黎蓝道一声别。这里离黎蓝叔叔家并不远，去看看她在不在吧。

自从那次黎家聚会后，我再没有去过那座房子。我凭着记忆找到了它，它围墙上的夹竹桃正开着红白两色的花。我按了门铃。院门开了，我希望看到黎蓝那双明澈的眼睛，但出现在眼前的却是沐芬。我有些惊讶，我似乎已淡忘了这个女人的存在。她见到我突然前来也有些吃惊。我解释了一下自己前来的意图，想要辞别，却不由自主地被她所吸引。她穿着家常的衣服，但似乎比往常正式的装束更显女人味。我有好几个月没见她了，记忆中她的面容都有些模糊了，此时的她似乎比以往任何一次都更优雅动人。

“黎蓝妹妹在学校，这两天她们有活动，可能不回来了。”她很温和地说，没有任何记恨、嫌恶的意思。我张口正想告别，她紧接着说道：“既然来了，就进来坐一会儿吧。”我点了点头，像失去了意志一样被她吸引着，走进了那所房子。

我们坐在客厅喝茶，闲谈了几句。我问她在做什么，她说在工作，在画图纸。她坐在一束白色百合旁，人和花一样动人。

“你总是在家里工作？”

“对，我不喜欢办公室，不喜欢上班，不喜欢约束的生活。”沐芬的坦率让我很欣赏。

“建筑和音乐，你更喜欢哪一个？”

她沉吟了一下，我觉得自己似乎问了一个很蠢的问题。

“我不是一个执着的人，没有最喜欢的人和事。”

我沉默了，她给我的印象也的确如此。

“不过我还是很羡慕你们这样的人。像我丈夫，是个全心投入的建筑师；你呢，是一个为音乐而生的音乐人。”

“谢谢你没有说‘音乐家’。”

她笑了：“听黎蓝说你写了不少歌曲？”

“对，还没写完，计划写一个组曲，还差一两首。”

“你好像不愿意我听到你的音乐？”

“哪里，这样说让我惶恐之至，只不过是未完成，自己还没有把握。”

我站起来走到钢琴旁，看到琴侧小几上摊开着舒曼的《女人的爱和生活》。

“你在唱舒曼?”

“对，我最近感到他比较亲近。”

“舒曼也许比舒伯特更有诗人气质，我一直对他不够重视。”

“想不想试一首?”沐芬问道。

我坐在钢琴前，翻开那本乐谱，翻到那首《我手指上的戒指》。

“这一首吧。”

沐芬说好。

琴声从我指下流出，沐芬的歌声和入，那醉人心魄的歌声立刻潜入我的身心。我用琴声迎合她，托起她的歌声，似乎是在用手臂拥着她轻柔的身体。歌声像上次一样潜入我的内心深处，我的心猛烈地跳动起来。有一个声音似乎在内心说:“做一件疯狂的事，占有她，占有她!”

一曲终了。我们都沉默着，空气凝滞了。

我不敢回头看她，也不敢动，内心正在激烈地翻腾。我听到她走到我身边，温柔地说:“再喝点茶吧。”

这声音鼓励了我的疯狂，我猛地转头，直视着她，知道自己的眼里燃着怎样的欲望。她似乎并不畏怯，这一切似乎都在她的预料之中。这一点在某种程度上激怒了我，也更点燃了我征服她的欲念。我突然站起来，把她拉到我怀里，非常近地俯看着她的眼睛，感到自己整个陷入那里面的世界。我吻她，她的嘴唇发烫，她并不是无动于衷，而是在渴望我的吻。我们激情四溢地拥吻，她引导着我走进一个卧室，这是她自己的卧室，里面散发着薰衣草的芬芳。我们在相拥中脱去对方的衣服，交合在那张华美柔软的床上。我对安从未有过这样野性的占有，而沐芬引发了这种狂野，这种性的狂野纾放了我郁积已久的叛逆天性。沐芬是那样大胆而无拘束，我们像是在一起颠覆整个秩序井然的世界，相互展现出自己最真实的样子，那些从未向其他人展示过的样子。我不可救药地爱上了沐芬的身体，我从未像对她这样想要一个女人，从未像今天这样强烈地感受到自己男性的力量。

八

列车驶离了雨中的城市。我不记得自己是怎样离开黎家，又是怎样坐上火车的，一切都像在一个疯狂的梦中。暮雨中的田野是如此陌生，车上的旅人也都显得如此遥远。我的人生似乎翻过了一页，我突然变成了另外一个人，那旧的一页被开动的列车丢弃在远远的过去。

夜里的车厢拥挤着熟睡中的陌生人。我一直看着窗外，星光下的河流、山坡，灯光闪烁的城镇。一切犹如一年前，鸽子死了，我和陌生的自己一起上路，内心空洞无比，唯有列车不息的前行带来少许安慰。鸽子为什么死了？她服了过量安眠药，死在那个男人为她租的画室里，三天后才被人发现。可怜的鸽子，那么才华出众，那么骄傲，却为一个像我一样卑鄙渺小的男人自杀了。我记得那个男人可怜的眼神，他完全没有想到自己的举动会带来这样的结果，他完全没有想到自己竟值得鸽子为他这样做——他不过是偶尔去和另一个女人过夜，他不过是一个普通的虚荣的男人，不过是去放松一下，或者去证明一下自己男性的力量……

命运在捉弄我吧，或者是鸽子在惩罚我吧，当我有些淡忘伤痛的时候，让我重新以这种方式体会她的死。我从小相依为命的妹妹，我当宝贝一样呵护长大的妹妹，却以那样一种方式离开我。而今，我又成了她最恨的那种人，那种不忠实、没有意志、听任欲望支配的男人。我背叛了两个最爱我的人，这世上我最亲近的两个人，不，是三个，还有那双纯洁的眼睛，那个天使一样的名字。

走吧，走得远远的，越远越好，让她们忘了我，让我忘记这一切。在人群中的旅行只是增添了我对自己的厌倦，增添了我对那些善待我的人的伤害。

第四章

一

我渴望看到海。像上次渴望看到高原一样，我想要看到辽阔的地方。也许海更好，因为它单调、冷漠，不像高原上蕴藏着湖泊、草地、不知名的花朵，这些都会唤起人的某些记忆。我要去一个最单调的地方，在那里把自己的记忆蒸发掉。

我一直向南走，最后在海边的一个村镇停下来。我在一个看上去较为和善的老渔民家里租住下来。老人已经不下海了，和老伴两个人补补渔网什么的，他们有两个儿子，都进城打工去了，我就睡在他们大儿子的床上。兄弟俩住一个房间，两张床相对，弟弟的床头贴着足球明星的招贴画，哥哥的床头挂着一支洞箫。老阿婆对我很慈善，说小儿子脾气大，不许别人碰他的东西，老大很随和，怎么都行。我拿下洞箫看了看，她便说："阿棕，噢，就是老大，从小不爱说话，喜欢吹这个，在家的时候差不多天天吹。”

黄昏的时候，我打算去海滩走走。两位老人说快吃晚饭了，早点回来。我答应了。

渔村在山脚下，出了村一直往下走，就来到海边。这里现在没有一个人影，正是我想要待的地方。海面呈灰蓝色，天空阴沉着，有大块的云朵低浮着。我先是坐着望海，继而躺在柔软的细沙上，看着头上的天空。海风徐徐吹过，海浪声一起一伏。我合上眼睛，感到自己似乎变成海天之间的一粒沙子，无知无识，无欲无求。天色在我周围暗淡下来，海风更为凉爽了。我想一直这样躺下去，直至潮水涨起，把我带走。

我聆听着四周的寂静。风从耳边吹过，没有声音，海的声音是如此安详。我希望这寂静无限延伸。我感觉到夜色缓缓抚过我的脸，那么轻柔的夜色。当我再次张开眼睛，已经可以看到夜空中稀疏的星光。几个音符仿佛从那星光中撒下来，一种与我以往所听到的完全不同的音乐似乎正在显现。我不敢动，凝视着星星，等待更多的音符落下。

此后的一周，我每一个黄昏都是这样在海和星空之间度过，聆听那正在我心里生长的一种新音乐。生活原来可以如此简单平淡。早上我随阿婆去山坡她的菜田里做农活。我极需要这样淳朴的劳动，热情而投入地干着。

上午我工作一两个小时，整理乐思。吃过简易的午餐，便去游泳。然后躺在沙滩上晒太阳，不出三天就晒得黑了一层。黄昏夜色将至时，我准时去那片寂静的海滩赴约。晚上我和老两口聊天，听他们讲自己的往事。有两个晚上我和村民一起出海，看他们捕鱼。

老渔民知道我是做音乐的，带我去村里那个洞箫匠家里，为我挑了一支。老渔民也会吹洞箫，阿婆的歌谣唱得很好，他们当年就是作为知音而成亲的。音乐使我们更亲近。我学着吹洞箫，从老夫妇那里学到了很多。

一个月就这样过去了，我过得充实而愉快。城市离我很远，往事也离我很远，我像一个没有过去的人一样生活着。老夫妇俩待我很好，老阿婆几乎把我当成她的儿子一样疼爱。我很久没有享受到这样淳朴的人情了。

为了晚上能睡好，我白天尽量多劳动。这样做果然见效，我过了一段从未有过的早睡早起的健康人的生活。我感到自己身心都达到最好的状态。那首从星空落下的作品也基本完成了，我准备把它发展成我的第一部管弦乐作品，题目就叫作《自星空降落》。

也许是创作完成了，心里放松下来，也许是中午晒太阳时不小心睡着了，我那天夜里第一次失眠了。怎么都睡不着。两点多钟，我像一个梦游者一样从屋里悄悄走出来。下弦月以奇异的样子挂在山头。远远可以看到海面的波光。我拿了洞箫，独自又走向海滩。我坐在那里随意地吹，海平静地听着。星光遥远，它们似乎完成了任务，很想躲避起来休息的样子。我停止了吹奏，不再惊扰这个时刻的寂静。心头有些异样的感觉，有一种隐隐的不安浮现。安的影子出现在眼前，黎蓝也随着出现了，她们一个悲伤，一个平静。接着是另一个女人模糊的脸庞。我始终记不清她准确的样子，也许她根本就没有一个固定的样子。我跳过她。陈钟出现了，我看到他期待的眼神。一种渴望听到自己的作品上演的感觉掠过心头。再接下来是祝亮。噢，小小少年，你找不到我，一定很着急了吧。随着祝亮而来的，是我对钢琴的思念。我的手指习惯性地渴望着触键的感觉。这最后一种思念是最强烈的，我真希望明天一早醒来，就可以从钢琴上听到自己新作品的声音。是该走了，该回到那个可恶的城市了，至少现在我还无法离开它。今夜就和海说再见吧，明天一早就离开。

我在临近天亮的时候睡去，梦到了鸽子在画画。她在画一个女人，那未完成的画像熟悉又陌生。我想看清那是谁，却怎么也看不清。不知为什么，梦中的我认为那就是我终身的伴侣。难道她不就是安吗？为什么我看不清她是谁呢？

二

祝亮病了，病得不轻。这似乎是对我的任性的一种惩罚。在我离开的时候，他在医院住了两周，之后回到家里疗养。他被禁止弹琴，每天要吃很多药，而且大部分时间是躺在床上。那个在春天的田野里疯跑的孩子像换了一个人，苍白而瘦削，说话的力气都没有。看着他我感到惶恐而心痛，而且有一种负罪感。也许真的怪我教他弹琴，消耗了他宝贵的生命。

第二次去看他的时候，我见到了黎蓝。回来后我还未及打电话给她。我们在祝亮床前沉默着相视了片刻。祝亮看到我们同时来看他，脸上露出甜甜的笑容。黎蓝坐在他身旁，摸着他的头，我坐在钢琴前为他弹了一首莫扎特。

从祝家一起出来，我送黎蓝去车站。她没有问我这一个月去了哪里，只是说我晒黑了很多，她刚才差点都没认出来。我们谈着祝亮的病情。祝亮得的是一种血液上的病，据说康复起来会很困难。

我们沉默地慢慢走着。我没有问黎蓝怎么会去看望祝亮，心里隐隐地躲避着某种可能性。车站快到了，我们的步伐越来越慢。我感觉到一种以前未有的强烈的依恋从黎蓝身上传出，我不敢看她的眼睛。车站终于到了。

我们并肩站着等车。我听到黎蓝用微弱的声音说："易扬，这段时间，你不在，祝亮又生病了，我很怕……"我看着她的脸，她说完了，抬起眼睛看着我。这双充满信赖的眼睛第一次流露出女性的脆弱。它们让我产生一种冲动，想要紧紧拥抱这个纯洁的人，给她以力量和安慰。我克制着自己，只是握住黎蓝的手臂，看向她眼睛的深处，说："别担心，我不是回来了？祝亮会好起来的！"力量似乎顺着手臂传到她的内心，我看到她眼里闪动一丝欢乐，那才是我最熟悉的黎蓝的眼神。

六月的黄昏，我一个人往回走，又看到巷口的夹竹桃在零星地开放。花朵在暮色中是那么明丽。街上飘着晚饭的各种香味，亮着灯的窗口像以往一样吸引我的目光。我喜欢从这灯光中想象平常人的生活，它们不属于我，今后也不会，因而才具有吸引力。

我走向电话亭。等待我的是什么呢？我拿起电话，按下那几个号码。没有人接。安不在屋里。我尽力克制着内心的不安，感觉自己像一个罪犯。明天再来打吧。

没有信，没有礼物。而往年安总不会错过我的生日，我会收到各种各样的礼物。我现在穿的这件衬衫就是礼物之一。像我这样的人，这样待她，还配得到什么礼物呢？她应当忘了我，因为我带给她的伤害大于快乐。

沉郁的一周。每天去看祝亮，每天去找安。但我一直没找到她。我的新作品正在发展成管弦乐。只有当我埋头于工作的时候，才会忘记身边这一切令人沮丧的事。

周末，阴雨在继续。邮差送来一个包裹。是安寄来的。这么说她一切都好。我心里怦怦跳着，手在打开包裹时有些发抖。包裹打开了，里面只有一个眼熟的小盒子。我的心往下沉。打开小盒子，里面果然是那枚银戒指。我跌坐在椅子上。

我感到自己的心像失了血一样，浑身无力。银戒指是来审判我的。这是我应得的报应。安这么做丝毫也不过分。

整个下午我什么也不做，躺在床上发呆，像是死去了一样。仿佛安把我的灵魂带走了。

接近黄昏的时候，有人在敲门。我没有答应。我不想见任何人。敲门声沉寂了。

天色渐渐黑了。我挣扎着站起来。我要去找安问个清楚。我一定要找到她。

我来到电话亭，拿起了电话，像是拿起了自己的命运。依然没有人接。我要崩溃了。她这个时候当然是不会接我的电话的。她不想心软，不想可怜我。

我不知道自己要去哪里，站在街头茫然不知所措。这是一种彻底迷失的感觉。

突然，我听到有人在身后叫我。

是黎蓝。

她穿着一件白色的连衣裙，在夜色中犹如一枝百合花。望着她的脸，望着写在她脸上的关切，我几乎要哭出来。她毫不犹疑地挽起我的手臂，挽着我缓缓往前走。

她似乎明白我不想回去，也不想去明亮的地方，似乎明白我想找一个黑暗的角落痛哭一场。她像我的守护天使一样，引领着我。即使此刻她带着我往火里走，我也会跟随。

我们走了很久，走到一幢高楼前。黎蓝带着我进了电梯。电梯一直上升，我们来到了几十层高的楼顶。

楼顶是一个露天的观景台，没有人。晚风猎猎地吹，天空的云朵在飞跑。城市在我们脚下。我们并肩坐在长椅上。

“易扬，我下午去找你，没有人答应。我去看祝亮，他说你今天没去看他。我问了楼下的人，他们说今天没见你出门。我想等你，因为我有一个好消息要告诉你。后来我看见你出了门，去了电话亭。原谅我一直跟着你。我并不是有意——”

我握了握她的手，示意她不用再说下去。

“出什么事了吗？能不能告诉我，也许我可以分担。”

“黎蓝，我什么也没有了。妹妹，爱人，她们都离开了。她们离开我是对的，我应当被抛弃。”

“也许是误会了，你不要这么绝望。”

“鸽子死了两年了。安把我送她的戒指退还给我了。

她要来看我，我没有答应，还不明不白地消失了一个多月。”

黎蓝沉默了。

“你很爱她们，她们会知道的。”她突然说。

“可是我拿什么去爱她们了？如果不是我不够关心，鸽子是不会死的；如果不是我这么伤害安，她也不会离开我的。”

“她一定很爱你。”

“是的，是的，只有我这样的浑蛋才会伤害她。”

“别太自责了，易扬。既然她那么爱你，就一定不会离弃你。至于鸽子，我想，也许死亡在她看来并不是一件坏事。”

黎蓝冷静的声音让我吃惊。我看着她，她的目光清明如水，有着一种超然的宁静。

我们握着手安静地坐着，仰头看着夜空的云朵。如果别人看到，一定以为我们是一对情侣。我们如此自然地握着手，既不是兄妹，也不是情侣，而是这样一种亲密的朋友。这种感情让我内心无比单纯安宁。

我慢慢平静下来。突然想起黎蓝前面说过的话。

“你说有好消息要告诉我？”

“对了，差点忘了，沐芬不知怎么了，突然想开一场演唱会，陈钟已经答应她了。主要是舒伯特和舒曼的歌曲，她让我问你，可不可以演唱你写的歌。”

我刚刚放松下来的神经又紧张起来了。我感到很不安，松开了黎蓝的手。黎蓝察觉了，看着我。我垂下眼睑。

“易扬，你不是很欣赏她的声音吗？”

“黎蓝，我可能要回北方去。我一定要回去看看。”

黎蓝沉默了。过了一会儿，她小声问：“你还回来吗？”

“不知道。”

三

没有告诉任何人，我又要离开了。没有告别，没有送行，多么轻松。又是相似的雨天，我背着简陋的行装，坐在一辆破旧的公共汽车上。我的目光茫然不知所及，眼前的一切都是如此虚幻。突然，像是被猛击了一下，我看到一个熟悉的身影走上车。是安。

她没有注意到我，她在前面的一个空位上坐下，我看不到她的脸，但我敢肯定一定是她。我的心在狂跳，我屏住呼吸，目不转睛地看着那个背影。

不知过了几站，她站了起来，向车门走去。她仍然没有注意到我。而我如此真切地看到了她的脸。憔悴和忧伤损坏了她原本极为美丽的面容，她是那么黯然。我的心被揪紧了。

她下了车，我连忙跟着她下来。很多年前的场景又重演了，只是这一次安没有带提琴，我的身边也不再有鸽子。我一路跟着她。要过马路了，我本能地担心起来。她不知所措地、孤独无助地站在车流中间，她是那么胆怯，而那些车似乎有意在欺负她，不给她一点空隙。我的心要碎了。就在这一刻，我下定决心，不管怎么样，今生都不再离开安了。我不顾一切地冲到她身边，护着她。安吃惊地侧头看，她似乎神思恍惚。我能感觉到她的虚弱，几乎抱着她过了马路。

我们站在路边，在喧嚣声中对视着。大颗大颗的眼泪从安的眼里掉下来，我把她抱在怀里。她在发抖，在哽咽，她想打我却没有力气。我只有抱紧了她，像抱着自己的生命。

终于又在一起了。我们坐在我那间陋室的床上，相拥坐到天黑。安像醒过来一样，开始哭诉："你这个坏蛋，为什么在我来的时候躲开不见我？"我单膝跪在安脚下，说我是坏蛋，自私鬼，但我绝不是有意躲开她。"你这个傻瓜，你没有看到我是从这个城市寄戒指给你的吗？你为什么不按那个地址来找我？"我说看到戒指我全慌了，根本顾不上其他，我已经买了票要回去。我急忙掏出票来给她看："你看，就是今天的票！"她哭着拿着票，不停地说，你这个坏蛋傻瓜，但声音里已经没有了刚才的怨怒。我知道安已经原谅我了，我的心里充满了柔情。我在她耳边低声抚慰，那是真正属于恋人的声音；我要用尽我的爱，让她成为最幸福的女人。

四

命运总是在你几乎忘记她的存在的时候向你显现她的力量。命运再一次将安交到我的手里，这一次我无法抗拒。我知道她为了我可以献出一切，为了她的健康着想，我也要放弃自己的自由。

失去自由也许并不是那么痛苦，当爱一个人爱到决心自我牺牲之时，世界就改变了。我不再为自己而活，而此前我都只是为自己而活。

我带着安去游玩，我们在风景秀丽的江南小城住了两周。看着安的气色一天天好起来，我心里也一天天感到轻松。她似乎真的摆脱了忧郁，脸上总是挂着微笑，眼睛里也是快乐的。我喜欢这样的安。

我们过了一段很幸福的时光。我在加工那部琴歌集，又在安的帮助下补写了一个小提琴和钢琴合奏的版本。安一定要亲自做饭给我吃，我怕损伤她的手指，也想让她多多休养，总是拉着她去尝各种各样的江南小吃。我们每天工作五六个小时，其余时间都在散步、厮守中度过。

有一天我独自外出买东西，忍不住给祝亮家里打了电话，祝亮妈妈忧心如焚的声音表明情况很不妙。我顾不得买东西了，想立刻赶回去看祝亮。回到我们租住的房子，安不在屋子里。我轻手轻脚地找到阳台，看到她独自坐在那里发呆。我怕吓到她，轻轻敲了敲门。可她显然还是被惊吓到了，那一瞬间她的神情犹如可怜的惊恐的小动物。她努力朝我笑，可是显得更可怜，因为显然她刚刚哭过。

我蹲在她膝前，握着她的手，心里诅咒着自己——她因为我不知受过什么样的精神折磨。我看着她的眼睛，我想用自己的目光驱散那里面的忧伤。她摸着我的脸，勉强笑着，然而眼泪却不受控制地簌簌落下。

“安，怎么了，我不是好好地在这里吗？”我温柔地说。

“对不起，突然，突然难过起来了，也不知道为什么。”

“你担心我又要不辞而别了，是不是？”

“没有，我知道你不会。可能是，看到你这么努力，这么辛苦，觉得心疼。”

“傻瓜，你看到我有不开心吗？跟你在一起，我心满意足。你知道我喜欢快乐的安，眼泪和忧伤会催人老。为了我，开心一点！”

等到她平静了，我和她讲了祝亮的事，她没有丝毫犹豫地说，我们赶快回去看他吧。

五

祝亮不得不住进了医院。我和安一起赶到医院，到的时候他在睡觉，小脸瘦削苍白，让人不忍久看。祝亮妈妈在一边陪着他。

“亮亮最近一直问你回来了没有。黎蓝经常来看他，前天还来过。这位是——”

“这是我的女朋友，安妮。她一直生活在北方，刚来这里不久。”

祝亮妈妈疲惫地朝我们微笑着，她眼神中的忧虑让人畏惧。

我留下安在病房陪祝亮母子，自己去找主治医生，想问清楚情况。

主治的刘大夫戴一副眼镜，年龄和我相仿，神情倨傲。他说这病只有用国外最新研制的一种疗法和药品才有希望。我问有没有可能用上这种新疗法，他瞟了我一眼，说：“除非你是百万富翁，而且有本事让他出国治疗，否则，在我们这里能做到的只有延缓病情的恶化。”他冷漠的神情和口吻让我一腔怒火，但也只有强忍着。

走出医务室，我有点茫然，不敢回病房去面对祝亮母子。我站在那里，努力想着有什么出路。——黎蓝，对了，她的叔叔不是经常去美国吗？但一想到沐芬，我又犹豫了。

我和安守在病房里，等着祝亮醒来。我知道他醒来如果知道我来过又没见到我，一定会很失望。

两个小时过去了，祝亮终于醒了。祝亮妈妈对他微笑，说，亮亮，你看谁来了。

他转头看到了我。我亲爱的小朋友，我的小音乐家。他脸上绽开可爱的笑容，这笑容因为憔悴瘦弱而让人心痛。他朝我伸出手，我把他的小手放到我的手掌里握着，真希望能这样将我的生命力注入他的身体。

“易扬哥哥，你去哪儿了？这么久见不到你！”

“我去给你带来了一个新朋友，就是我们上次说到的那个秘密。你看喜不喜欢她。”

安走到我身边，朝祝亮微笑。

祝亮看看她，朝我点点头，我知道他有悄悄话要告诉我，便凑到他跟前。

“我喜欢她，可是我更喜欢黎蓝。”

黎蓝，这个名字在我内心引起一种想念混同了希望的感觉，我突然非常希望她能在此时出现在我们眼前。我从祝亮的眼神里也看到了同样的愿望。我们是三个在春天的原野里疯跑的小伙伴，我们似乎很久不曾聚在一起了。

“你也会弹琴吗？”祝亮突然问我身边的安。安微笑着摇摇头。

“她会拉小提琴。”我说。

“小提琴！我最喜欢的声音！”祝亮两眼放光。

“你好好养病，安妮姐姐改天带琴来，专门拉给你听！”我说。

“你拉得好吗？”祝亮问。

安笑着点点头。

“比易扬哥哥钢琴弹得还好？”

安看了我一眼，我说：“她是演奏家，我可比不上她。”

祝亮看着安的眼光显然和刚才不一样了，他等不及地问：

“安姐姐，你什么时候能带琴来？”

“我明天就来看你。”安说。

祝亮欢呼了一声，尽管那声音因为没有力气而十分微弱。

祝妈妈说：“亮亮好久没这么开心了。易扬，你回来了，真太好了！”

答应了祝亮明天来看他，我和安一起回到了我那间陋室。安要打扫房间，派我出去买东西。我来到街上，来到那部熟悉的电话旁。打给黎蓝的电话很多都是通过它打出的。我此时非常渴望听到她的声音。

我拿起了电话。电话铃响了，传来的不是黎蓝的声音，而是另一个女人的声音。是沐芬。

我沉默着，听到她追问了一声，我没有勇气回答，她挂断了电话。

那一个疯狂的午后的记忆几乎已经不再纠缠我，沐芬的声音却在刚才侵入我的脑海，像是一把钥匙，顽固地开着那扇被我锁起来的门。我有些慌乱地放下电话，付了钱，不知所措地站着，看着围墙上的夹竹桃。

我本能地感觉到，此刻只有黎蓝的出现，才能够赶走我心里那种不洁的罪恶感。我的白色天使，你在哪儿？为什么今天不再像以前一样从天而降？

我带着对黎蓝的思念回到安的面前。我几乎忘了安还在我的房间。多年独居的习惯让我在看到安开门迎接我的一瞬间流露出无法掩饰的吃惊。安不解地望着我，问："你买的东西呢？"我醒了过来。

六

第二天早上，我告诉安要去找朋友，为祝亮的治疗想想办法。我直接去了黎蓝的学校。我从未来过她的学校，但她告诉过我宿舍的地址。自从逃离了音乐学院，我对任何学院都有一种排斥的心理。这似乎是我很长时间以来第一次走进一所大学的门。

我找到了黎蓝住的那幢楼。她住在四楼。我看着四楼的窗口，想确认哪一间是她的所在。有一个窗口飘着白色的窗帘，还放着一盆绿色植物，我直觉那就是她的窗。楼门口的值勤拦住了我，她不允许我上去。她拿起了电话，让我打电话上去。有一个女孩子懒洋洋地接了电话，显然是刚睡醒。“黎蓝啊，她不在，可能去图书馆了吧。”

我想去图书馆周围碰运气，也许正好遇到她呢。

这是一所新修的建筑，学生们正纷纷走进去。上午九点半，正是大家最忙碌的时候。这是一种我永远也无法理解和习惯的准时与忙碌。我从来不屑于这种规矩的生活，但现在因为黎蓝的关系，它似乎显得并不那么讨厌。

我在图书馆对面的草地旁坐下来，看着来往的学生。我似乎从未这样安静耐心地等待过一个人。此时我非常渴望自己的手里有一把吉他，这样弹起来，会吸引人们的注意，而这人群中就有黎蓝。

我等了半个小时，阴霾的天空开始下雨。路上多了一顶顶雨伞，这下找到黎蓝的可能性更小了。只有让她留意我了。我站在雨里，头发很快被淋湿了，过往的人忍不住会看我一眼。

雨让我感到清凉而快乐。这座城市让我可以接受的原因之一就是它的多雨。我的衬衣也全湿了。雨水从我的脸上流下，很体贴。我盯着图书馆的门口，像是盯着自己的命运。

终于有一把伞穿过人群向我走来。一个蓝衣裙的身影在伞下。是她吗？雨下得更大了，我看不清她的脸。

那个身影径直朝我走来，越来越近。我的心在跳。是她，她正在看着我，脸上交织着数种表情。

她把伞举在我头上，雨被隔离了，她正如此亲近地充满深情地看着我。

她带我去了校门外的一家书店。上午这里没什么人。店主显然是她的朋友。我们坐在里间，店主拿来一条宽大的浴巾。我脱下衬衣，擦干了头和身。裹着浴巾，看着黎蓝，我感到很快乐。

我们在烘干衣服的时间里说话。

“你在图书馆看什么书？”我忍不住好奇地问。

她笑了，说：“这就是你来找我的原因吗？”

我笑而不答。

“在查资料写论文，这两天正在考试。”

“我来影响你吗？”

“放心吧，今天一天放假都没事。你从北方回来的？”

“没有，我没回去。安妮来这里了，我找到她了。”

她的笑容有点僵硬，但她很快恢复了。

“她，还好吗？”

“她很好。我们昨天去看了祝亮。”

“她也去了？祝亮一定挺喜欢她吧。”

“他说他更喜欢你。”

黎蓝低下头，我们陷入短暂的沉默。

“我昨天问了那个医生，他说祝亮的病最好能用国外最先进的药物治。”我打破了沉默，说出了我此行在理论上的真正来意。

黎蓝点点头，说她也问过了，她正在托自己的叔叔想办法。

我一时冲动，握住黎蓝的手，看着她的眼睛。

“你这样仔细地看什么？我眼睛里又没有药。”她笑着说。

“但是有这世界上最纯洁的善良。”

雨停了，衬衣也烘干了，我们离开书店，一起去吃午饭。又和黎蓝在一起吃面条了，这种感觉真是快乐。我们避开一切会带来不愉快的话题，畅谈着。我告诉她我已经最终完成了那本琴歌集，黎蓝的脸上闪耀着快乐的光芒。

我们一起走进校园，我送她回宿舍。

“下午我和安妮去看祝亮，你来吗？”

“我改天去吧，太热闹了，怕祝亮会累到。什么时候介绍安妮给我认识吧。”

“等你考完试，我们开一个小音乐会，那时候你们会认识的。”

“安妮的小提琴拉得很好吧？”

“对，她答应了祝亮今天去拉琴给他听。”

“她真好。对了，音乐会要不要请沐芬来，上次你没有答应她，她似乎不大开心。”

“她还好吗？她的演唱会成功吗？”

“很成功，可是她似乎并不太在意，又在忙她的设计了。易扬，沐芬是一个很骄傲的人，很少表示出欣赏谁。看在我的面子上，别对她那么排斥。”

“好吧，那我们就索性多请一些人来，陈钟、江水洋都邀来，好不好？”

“好啊。你想好请什么歌手来演唱琴歌集了吗？我真等不及地想听到。”

“黎蓝，这部作品是因你的诗集而起，我写成了两个版本，一个是女中音和钢琴，一个是小提琴和钢琴。这一次，我们先试试小提琴版的吧，由安妮来演奏。相信我，我觉得沐芬的声音和气质不大适合这部作品。等我和陈钟找到合适的演唱者，我们再正式演出声乐版的。你说好不好？”

“好！”

又走到黎蓝的宿舍楼前了，我望着四楼的窗户，指着那一个白窗帘的说：

“你在那儿？”

“你怎么知道？”

“我有神通。”

这时正好有一个卖花的站在楼下，车筐里装满了各种美丽的花。我看到黎蓝忍不住把目光停留在鲜花上，就走过去，买了一枝白色的百合。黎蓝接过花时，脸上再一次泛起那种快乐的光芒。我目送着蓝色的背影和白色的花朵走进楼门，转头走了，走了一段后忍不住回头，看见那个窗口伸出美丽的花枝在向我挥别。

七

安的琴声让祝亮的病房外挤满了人。安演奏了一些克莱斯勒的小品和几首巴赫。祝亮完全被琴声所吸引，目不转睛地盯着小提琴和安的手指。演奏结束后，他长出了一口气，说："安姐姐，我可以跟着你学琴吗？我一定很用功的！"祝亮妈妈对他说："钢琴还没学好呢，又要学小提琴！"安笑着说："你的钢琴老师该不高兴了。不过我很愿意教你，只要你乖乖把病治好。"祝亮对妈妈说："妈妈，你让我吃多少药我就吃多少药，你让我打多少针我就打多少针，我一定听医生的话！"祝亮妈妈眼圈一红，说不出话来。我握着祝亮的小手，再一次希望这样能把我的生命力注入这个脆弱的小身体。我逗他："现在是不是更喜欢这个姐姐了？"祝亮想了一下，说："两个一样喜欢！"

我和安开始为这场小范围的音乐会做准备。陈钟又请了一些业内的人，并订好了歌剧院的小音乐厅。我还请了那位音乐杂志的老编辑。时间定在两周后的周末夜晚。

黎蓝的叔叔及时寄来了药品，祝亮开始服用这些昂贵的药。两个星期里我和黎蓝约好一起隔天去看祝亮，我们三个小伙伴在病房里度过了一些快乐的午后。祝亮似乎有好转了，但病情仍然有反复。

音乐会如期举行了。那是一间沙龙式的音乐厅，没有令人畏惧的舞台，但是有一架斯坦威，比黎蓝家的那架老一些，但音质绝佳。

我穿了安为我买的一件黑色的衬衣，特意配了条鲜艳的领带。安穿了那件她演出时经常穿的深红色晚礼服，胸前别了一朵芳香洁白的栀子花，看起来很美。黎蓝最先来到音乐厅。她仍然穿着那件白色连衣裙，没有任何装饰，极为朴素简洁，仿佛是有意为了衬托安的美丽。她们终于相识了，不出我的所料，她们彼此敬重，像是老相识一样。

客人们陆续来了，音乐厅里活跃起来。那位老编辑也来了，我正在和他寒暄的时候，一眼瞥见了沐芬，她和陈钟一起走了进来。黎蓝迎了上去，我听到黎蓝说："沐芬，你今天漂亮极了！"安置了老编辑，我携了安的手，走向沐芬和陈钟。

沐芬的确很美。她浑身散发着一种高贵优雅的气质。我忘了她的穿戴，因为在她身上，任何服饰都是次要的，都只为她服务。

我看着她的眼睛问候她，我的心里很平静。她似笑非笑，说：“你的女友很漂亮！”我笑着转头看我的安妮，她正含笑和沐芬打招呼，我在这一瞬间对比了眼前的这两个女人，发现她们是如此不同。安的身上有一种与生俱来的孤独和忧郁，沐芬则在性感中带着几分冷傲不羁。沐芬的强大和骄傲足以和我对峙，安却永远需要我来保护和爱抚。

安似乎在此刻本能地感到了某种威胁，她握紧了我的手。为了安慰她，我不顾当着众人的面，侧头轻轻吻了吻她的头发。陈钟看到了，开起我的玩笑来：

“易扬，你是怕我们大家欺负你的女朋友，故意示威的吧?”

大家都笑了，安有点窘，脸微微一红，但我知道她很幸福。

曲目的安排是，先由我演奏一首随想曲，作为开场；接着是今天的主要作品，琴歌集；最后是安的一首独奏，作为尾声。

音乐厅里共来了十几个人，大家坐在黑暗中，安静地等着我们。

演奏进行得很顺利。安只要一拿起小提琴，她就什么都不怕了。她今晚的琴声尤其动人，这部作品由她来诠释也恰到好处，因为她和黎蓝的气质相和谐。

我感觉得到听众的投入和感动，他们构成了一种极有内蕴力的沉默，吸纳着我们的每一个音符。

我们没有中场休息，一气呵成地完成了这部四十分钟左右的作品。大家用热烈的掌声回报着。

作为返场曲，安独奏了我写给她的一首幻想曲。她的琴声讲述了我们相爱的全部故事。

黎蓝捧着一束洁白的百合走上台，把它献给了安；我从陈钟手里接过一束鲜花，把它献给了黎蓝，并告诉大家，琴歌集完全基于黎蓝的诗集而作。

等到灯下只有我和安的时候，我拉着安的手，面对着大家，说：

“在这里我还想借此机会，完成我想做的一件事，希望大家都成为我的见证。”

谁都不知道我要做什么，包括安在内。她有些惊讶地看着我。我取出衬衣口袋中的那枚银戒指，当着众人的面对她说：

“安，这些年做了很多对不起你的事，请你原谅。请相信从见到你的第一刻起，我一直深爱着你。虽然我不能给你什么，我仍然自私地希望在不久的将来你能成为我的妻子。”

我看到安的大眼睛里由惊讶到温柔，再到被泪水模糊。她把手伸向我，看着我为她戴上那枚戒指，温顺地任由我在她手指上轻轻一吻，便紧紧地不顾一切地抱着我，幸福地哭泣着。我听到耳边再次响起掌声。

第五章

一

这是一个极为炎热的夏天。我们在附近的一条街上另租了一套大一些的公寓。要退掉这个小而简陋的房间，心里真有一种不舍。但我的生活必须发生改变了，我必须凡事不再只考虑自己，而是要同时想到两个人。或者说我必须将安视作我的一部分，无法割舍的一部分。

新的住所很快在安的布置下变成了一个温馨舒适的家。我常常站在房间的门口，看着里面的一切，心里感到疑惑。这不是我在黄昏散步时所想象的那些亮着灯的窗后的情景吗？我从来认为自己永远只是这种环境的观看者，但今天却突然成了它的一部分。有另外的一个我还站在黑暗的街道上观看我自己吗？

我花了几乎一周的时间才克服了与这个新家的隔阂，但每次从外面回来的那一瞬，还是觉得像是踏入了他人的住所。

安幸福极了，她渴望这种安定的生活已经很久了。她像宠爱孩子一样宠着我，包下了所有家务。她从不吝惜自己那双为拉琴而生的手，每天亲手为我做饭。她说，每天看着我吃她做的饭菜，是比拉琴，甚至是比音乐更让她满足的事情。我抗争了几天，也只好任由她这样了。

平凡的日子过得很快。祝亮的病情在一点点好转。下午我们在医院碰到了黎蓝，邀她到家里来吃晚餐。她答应了。

这是我们搬入新居以来第一次有客人来。安的每一处精心布置都得到黎蓝的赞美，她们很合得来。安在厨房忙碌，黎蓝为她打下手，两人进行着女人间的亲密交谈，不时发出轻笑。我有点无所事事，也感到无所适从。眼前的情景让我感到极为陌生。这就是大家所谓的幸福生活吧。为什么它似乎与我毫无关系，为什么我总是隐隐地期待它的结束，好开始我真正的生活？可现在它是不可能结束的，它就是我的生活。

我坐在窗前发呆。窗外天还没有黑，还可以看到夹竹桃的白色花朵。屋里开着冷气，让人暂时忘了室外的热浪。我觉得自己的大脑停止运转了。搬到新居以后，我就再也没有找到过自己在生活的感觉，就像是另外一个人在代替我活着。音乐和创作都停滞了。连我的钢琴搬进这新居以后也显得陌生。

“易扬，吃饭了！”黎蓝的声音从身后传来。现在连她也让我感到陌生。

我沉默着坐在饭桌旁，有些心不在焉。

“易扬，今天烧了你最喜欢吃的带鱼，多吃点。”安似乎毫未觉察我情绪的变化，夹了一大块鱼肉到我面前。

我埋头吃饭，感觉到黎蓝的目光落在我脸上。我抬起头，看到她正疑惑地看着我。我避开了她的目光。

“黎蓝，你快吃菜，不要管易扬，他还在发他的呆，灵魂还不知在哪儿呢。”

“易扬，你还好吧?”黎蓝终于忍不住问。

我点点头，还是不看她的眼睛。我把空碗递给安，她又给我盛了饭。我觉得自己像一个只知道吃的智障儿。

“他搬进来后老说不习惯。最近有些忙乱，打乱了他的生活规律，没能写东西。”

原来安并不是毫无察觉。可是她为什么能安之若素呢？她要我适应这种平庸的生活吗？要我以后永远习惯这种生活吗？我知道自己的脸色越来越难看了。

黎蓝有些不知所措了，她把话题引开，讲一些她在学校的事。安和她一应一和地聊着。

我一言不发地吃完饭。她们在说什么我几乎完全听不见。我很想冲出门外，最好门外有一望无际的旷野可供我游荡。但门外只有热浪，只有楼群，狭窄的街道，人群，以及无数这样的晚餐，这样的闲聊。一刹那我感觉自己像是要疯了。

“易扬，你怎么了？”黎蓝的声音传来。紧接着是安的手放在我的额头上。我这个智障婴儿正在两个女人的翅膀下，接受爱抚。我要窒息了。

我猛地站了起来，不管不顾地朝门外冲去。即使门外一样无聊，即使门外没有旷野，也要冲出去。我做到了，将两个女人的惊呼关在身后。

二

我彻夜在炙热的城市中流浪。我停不下来，因为我找不到一个可以停留的地方，到处都让我感到厌烦和恐惧。我心里像是丢失了什么一样空荡荡，我走了很久，突然明白了是为什么。

在这拥挤的城市里，黎蓝的名字、声音和双眼，对我来说都象征着地平线一样辽远的东西，那是我的灵魂得以呼吸的辽远。很久以来，只要一想到她，我的心便会平静，会从纷扰中得救。然而今晚，安却把我的地平线也破坏了，她把黎蓝拉入了自己的同盟，她把黎蓝也变成枷锁的一部分。我一无所有了，我只有流浪到累死。

我走了不知有多远。夜已深，城市依然闷热，我走到筋疲力尽，干渴欲死，几乎是跌进了一家酒吧里。

这么晚还有人在酒吧里唱歌。那歌声不知为什么吸引了我。我在吧台坐下来，要了杯冰水，听他唱。

一个清瘦的青年，抱着吉他在唱。酒吧里没有多少人，他闭了眼在自顾自地唱，声音像暗夜里的清泉。

这正是我要找的声音！这是唱我的琴歌最合适的声音！我猛地清醒了。

我换了离他较近的位置坐下，在黑暗中观察他。

有一盏灯照在他身上，看不太清楚他的脸，但可以猜出他的年龄不会超过二十岁。

他又唱了两首歌，然后悄悄地离开了乐池。我等了他片刻，突然意识到他可能离开酒吧了，便冲到吧台，问这个歌手的名字。

“他叫冷孟春，刚刚下班回家了。”

我跑到酒吧门外，远远看着一个人拎着琴盒朝车站走。我追了上去。一辆公车开来，他跳了上去，我来不及想，紧跑两步，也跟着跳了上去。

夜班车，没有太多人。我突然不想上前打扰他，便悄悄坐在他身后。他坐了很多站，看来是住在偏远的郊区。终于有一站他站起来朝车门走去。我跟着他下了车。看着他拐进了一个小弄堂，我连忙跟着。我刚拐过弯，就看见他在前面飞奔，一边跑一边回头看我。

原来他早发现我跟着他，以为我图谋不轨呢。我只好站下来，朝他大喊：“冷孟春，别跑！我没有恶意，只是想听你唱歌！”他仍然不肯停下，我只好继续喊：“我叫易扬，也吃音乐饭，如果你相信我，明晚九点我们还在酒吧见!”那个身影像梦一样消失在黑暗中。

我被孤零零地留在陌生的黑暗中，不知自己身在何处。我的两腿沉重不堪，我拖着它们走回了刚才的车站。夜班车上只有两三个人，公车昏昏欲睡地穿过灯光渐稀的城市。我在一个公园门口下了车。记忆中这里有一条林荫道，道旁有许多长椅，可以过夜。林荫道到现在还有不少人在乘凉，我挑了一个稍为僻静的椅子，躺了下来。头顶是密密的法国梧桐树叶，到现在也没有一丝清凉从空中漏下。我累极了，很快就睡着了。

我梦到自己在海上航行，一望无际的蔚蓝的海。突然间海上乌云密布，狂风大作，我似乎听到安在远远地喊我的名字。接着看到冷孟春在另一条船上，朝我挥手。我在狂风暴雨中努力想要靠近那只船，却怎么也控制不了自己的船。

我惊醒了，发现在下大雨，头顶梧桐树叶上雨声大作，汇成大颗粒的雨点砸在我的脸上和身上，空气中充满了打湿的尘土味。这时天色已亮，估计有五点钟。我无处可去，躲在一个小凉亭下，看着雨越下越大。

想起上次淋雨，那时我还是自由的，还有所期待，到现在只不过一个多月的时间，我已经给自己套上了枷锁，我已经不属于自己了。即使我像这样逃了出来，我的心也被重重束缚，动弹不得。

清晨的时光在雨声中流逝。已经很久没有乐思来找我，我已经被缪斯女神抛弃。我只有这样无可奈何地坐着发呆。我摸了摸口袋，只有几角钱的硬币，连坐车也不够，只够打一个求救电话。打给谁呢？我想起了陈钟。但我记不得他的电话。直接去他那里吧，至少他那里有音乐。

我叫了一辆出租车，直接去了陈钟的住所。他一脸惊愕地在门口看到我，看到我身旁还跟着一个要账的出租车司机，我连跟他解释的力气都没有了。

我在陈钟的家里发起了高烧。我很久没有生过病了，一场感冒就让我难以招架。陈钟要打电话给安，被我拼了性命地坚决拒绝了。我再不要被女人宠爱，被女人像婴儿、低能儿一样照顾，我宁可自生自灭。我让陈钟给我在客房的地上铺一张草席，每天给我水喝，给我一点面包就行。我请他照常工作，就像我不存在一样。他充分尊重了我的愿望。

我烧了两天，清醒的时候就想起未能去酒吧见冷孟春，他一定认为我真的是个骗子吧。

第三天，我的烧退了，正虚弱无比地躺在地上听斯克里亚宾，沐芬来了。

她是陈钟的常客。她站在我的草席前，见到我的样子显得有些吃惊。我想自己这两天一定变得很狼狈。我想站起来，她阻止了我。

我们似乎无话可说，便一起听音乐。沐芬不露声色，一如既往，既不冷漠，也不热情，反而让我感到自在。音乐停止后，我们聊起了斯克里亚宾，我没想到沐芬对他那么了解。

黄昏将至，我们的谈话又陷入了沉默。沐芬突然起身告辞，并说她很快要去美国了。

我愣了一下，问她去多久。她说说不定，感觉好的话会多待一段时间。

我看着她的眼睛，她的眼神难以捉摸。我试图在其中寻找曾经有过的狂热和战栗的痕迹，却什么也找不到。她向我关上了门，不再允许我接近她的灵魂。我感到一种释然夹杂着一丝失落。

我问了她的行期，说身体好了会去向她告别。她不置可否。在她出门的最后一刻，我忍不住补了一句：

“沐芬，请不要告诉黎蓝我在这里。”

她用奇怪而陌生的眼神看了我一眼，说：

“我想她不会向我打听你的下落的吧。”

说完她走了。

三

我在陈钟那里住了一星期，身体痊愈后，我在他的附近找到了一间公寓，打算把它租下来。这间房子比我原来住的那间稍大一些，房后不远处便是田地和一片小树林，那些田间小道是散步的最佳场所。

该回去向安摊牌了。我推迟着这个难熬的时刻。奇怪的是，这一周以来，我对安的爱像是被熄灭了一样，没有想念，没有愧疚，也没有负罪感。我似乎摆脱了一直以来对她的那种歉疚感。

又在下雨了，此次的雨带着宣布盛夏即将结束的意味。我在午后的雨中回到我和安曾经短暂居住的那个家。

我敲了门，没有人回应。我发现自己并没有往日找不到安时的那种恐慌感。我走到街头的电话亭，打电话给黎蓝。我感觉她此时在学校，便打电话到她的宿舍。她果然在。

她开始有些沉默，后来终于告诉我，安走了，回北方了。

我的心依然麻木不仁，没有悲伤，没有担忧。也许是生病把我的情感能力摧毁了吧。

我告诉黎蓝我要搬到郊区去住，并问了祝亮的情况。

祝亮已经出院了。我打算去看看他。

祝亮正在家里闹着要弹琴，祝亮妈妈不让。见到我来他像往常一样兴高采烈，求我向妈妈求情，让他弹一小会儿。祝亮妈妈终于磨不过他，允许他弹十分钟。

祝亮瘦小的身体坐在钢琴前。从我认识他以来他似乎就没有长高多少，一场大病之后显得更瘦小了。他开始弹《小星星变奏曲》，他说他昨晚做梦都在弹这首曲子，而且在梦里他弹得非常好。看着他的手在琴键上想要飞奔却不时绊倒，看着他急得额头沁出汗珠，我忍不住拦住了他。

“亮亮，别着急，易扬哥前天发烧，弹得比你还差。你现在每天可以弹十分钟的音阶练习和一些简单的曲子，等完全好了，再弹你想弹的。今天我来给你弹小星星，好不好?”

很久没有弹莫扎特了。这种单纯和洁净的音乐也正是我现在需要的。我专心地、完全沉醉地弹奏着，感到鸽子又回到了我身边，一切还像以前一样。

虽然搬走会远离祝亮，但我急需换个环境。祝亮很沮丧，我说我过一两个星期会来看他，也许再过一段时间会搬回来的。

我在黄昏又一次走过这条最初的街道。一切都还像往日一样，夹竹桃也依然在开花。只是我再也不去注视那些亮灯的窗口，不再去想象里面的故事。我只是独自默默地走，享受着我的自由与孤独。

我在第二天就搬进了我的新居。房间里的东西还像我初来时那么简陋，我喜欢房间空荡荡的，散发着随时可以离去的气息。鸽子的照片又摆在了钢琴上，东西放好以后，我为她、为这所新居弹了几首莫扎特的变奏曲，像是在将这里的空气改变为我所熟悉的气息。

然而一切毕竟不同了。我努力想恢复一年前自己的心理状态，那时我虽然悲伤，但心里并不拥挤。白天一切都好说，我最担心睡梦。梦是我无法控制的，我怕安会在梦里审判我，我怕在梦里再一次体会那些沉重的感情。为了驱逐梦魇，我给自己增加了许多体力活动，甚至去田里帮农民种菜。

一星期新的生活就这样较为平静地过去了。周末来到了，我突然想起了那个酒吧歌手，打算晚上去看看他是否还在那里唱歌。我约了沐芬和陈钟一起去那里，正好可以给沐芬饯行，也请他们评判一下那个声音。

傍晚时分，我和陈钟找到了那家叫作“加缪”的酒吧。我们喝着茶等沐芬来。沐芬姗姗来迟。她穿着朴素简单，但依然很迷人。我们一起吃了晚餐，等着冷孟春来唱歌。

八点过后，冷孟春果然拿着吉他走进小小的乐池。他目不斜视，仿佛周围的人都不存在一样。他弹起了琴，唱着一首我们谁也没有听过的歌。他唱得很投入，他目空一切，但声音充满感情。看得出陈钟和沐芬也被他感染了。

一曲结束，陈钟叫来了酒吧里的服务生，问刚才是什么歌。服务生说那是孟春自己写的歌，歌名叫《相遇》，这首歌的点唱率很高，所以孟春经常以它开场。

我在他的音乐里发现了一种独特的诗人气质。虽然他的唱法和一般的流行音乐没有大的不同，但总有一种蕴藏的脱俗的气息。

两首歌过后，我问身边的两位，如果请这个青年来唱我的琴歌，会如何。他们都表示赞同。我跟他们讲了上次的经历，他们都笑起来。

陈钟趁着歌手休息的时候，亲自走到乐池前，请他和我们一起喝一杯咖啡。他却很有礼貌地拒绝了，说自己正在工作。陈钟说没关系，我请人代你工作片刻。他向我和沐芬招手示意。乐池里有一架普通的钢琴，我走过去，坐在钢琴前，看了孟春一眼，朝他微笑。他显然认出了我，但面无表情。沐芬站在我身边，我们准备合作一首舒伯特，以乐会友。

陈钟这位指挥又去说服了酒吧老板。酒吧里还没有人注意到这一变化，但我的琴声一响起，所有的人都在朝我们这边看。舒伯特的魔力开始释放了。

我们合作的是那首经典的《致音乐》。

沐芬的声音像一块温润的玉石，抚过人的心灵，这是我听过的最动人的《致音乐》。

一曲唱罢，所有的人都在鼓掌，包括我自己，还有冷孟春。我们相视而笑，就此成了朋友。

四

沐芬走了。那天晚上，我订了一束鲜花，事先放在酒吧，在我们走之前，把它送给了沐芬。

接过花的一刻，她的眼睛很亮，是真正动人的秋波。我说，谢谢你，沐芬，谢谢你带给我的一切。一定不要让你的歌声沉寂，我等着你回来和你继续合作。

她突然伸出双臂拥抱了我。我们的拥抱比普通的拥抱多持续了几秒，就在这几秒，我感到沐芬掩藏在神秘和冷漠背后的脆弱与温柔。

她接着拥抱了陈钟。我们就此告别。

夏天渐渐地退却，晚上已经可以享受到凉如水的月光了。我埋头工作了一段时间，根据孟春的声音特质，把琴歌集的声乐版又做了改进。没有人来这里打扰我，我心里日渐开阔平静，又可以在寂静的夜晚感觉到涌动的乐思了。

初秋的时候，孟春已经开始在练习琴歌集，我们在陈钟那里，或者在歌剧院排练了几次。孟春说他很喜欢这些音乐，还根据自己的感觉做了一些改变。

最后一次排练结束的时候，陈钟突然问我：

“你怎么不请黎蓝来听排练？她可是词作者啊。”

我有一个月没有见到黎蓝，也没有听到她的任何消息了。这样做显得很无情，但我并没有忘记她，相反，她每天都在我的心里。我只是需要时间来沉淀，沉淀我们的友情，直到它像最初时那样清澈。

我回答陈钟说："我要给她一个惊喜。"

九月份的大学里分外忙碌，我来找黎蓝，来到那个窗口下。值班的人仍然不让我上去，只能打电话。我事先没有约好，就这样兴之所至地来了，现在才开始担心她不在。一个陌生的女声接了电话，我的心跳在加速。"她去图书馆了！"

啊呀黎蓝，你是在惩罚我吗？好吧，我再去老地方等你。

黄昏将近，我站在我们上次雨中相遇的地方等着她，在人群中搜寻着她的身影。

我等了近一个小时。天色已暗，我也感到饿了，心里说，黎蓝黎蓝，别再看书了，我们去吃面，去吃炸酱面。我在心里呼唤她，相信她一定会听见。

就在我疲惫不堪又有些绝望的时候，我看到一个白色的身影远远地走来。是她吗？那身影朝我走来，步伐很慢，仿佛还在犹豫。

我大步地迎上前去。是她，她比以前消瘦了，神情也似乎有些忧郁。我们对面站下，看着彼此的眼睛。我在她的眼睛里看不到以前的微笑和快乐，我有些急了，忍不住握住她的手。她让我握着，但最后还是把手抽回了。她转开了眼睛，朝校门的方向走，我跟着她。

我不想解释，也不想道歉，我觉得这一切她都可以了解，她应当是最能够体谅我的人。

“我们去吃面吧，我有很多话要和你说。”我对她说。

她没有反对，我们一起走到了上次吃面的那家小饭馆，对面坐了下来。

“易扬，你告诉我，这世界上有没有忠诚？”她终于说了今天的第一句话。

我看着她的眼睛，反问她：“那你认为，什么是忠诚？忠诚于自己，还是忠诚于别人？”

“既忠诚于自己，也忠诚于别人。”

审判终于开始了。黎蓝的神情是从未有过的严肃。我不喜欢她这样，她仿佛在教室里上历史课，在审判纳粹的道德。

“很抱歉，我从来只忠诚于自己。”我被自己声音中的冷漠与骄傲吓了一跳。

“我也从来不喜欢反复无常之人。”她并不示弱。

“你认为我是这样的人？”我看着她的眼睛。

她的眼神流露出痛苦。

“易扬，我不能忘记有的人因为你而受到伤害时的样子。那是我至今见到的最伤心、最绝望的灵魂。”

我垂下眼睑，心里的平静被搅乱了，我的手在抖。我努力克制自己。

“她是那么爱你——”

“别说了！”我打断了她，没想到自己会这么粗暴，“你见到的最伤心绝望的灵魂绝对不是一个，而是两个！”

“你既然更需要自由，为什么要给她希望和承诺，而且是当着我们大家的面？你对自己没有把握，为什么要做出承诺？”

我无言以对。但我并不感到后悔和内疚。我永远痛恨那种束缚，是安的束缚毁了我的承诺和爱情，我不需要对此做出辩解。

面条端上来了，我们已无心吃饭。

“她现在好吗？”黎蓝不肯罢休。

我摇摇头，说不知道。黎蓝的眼里再一次流露出失望和痛苦。她站了起来，说她吃不下，要走了，接着便真的走了出去。

我付了钱，追了上去。

“不吃饭怎么行？”

“你都不肯去打听她现在过得好不好！易扬，你的心真的有那么硬、那么狠吗？”她边走边说，“如果换了是我，如果有一个男人也像这样对我呢？”她哭了。

“你有没有想过，其实安和我在一起并不幸福，她时常处在一种不安全感里。我一直在努力保护她，努力想要驱除她的忧伤，但没用。直到最后我才发现，她并不是天性如此，而正是我带给她这种不安定感。与其两人互相折磨，不如早日解脱。我把此生最初的、最好的爱给了她，我问心无愧。如果我此时再去怜惜她，一切就会像噩梦一样重演，无休无止。我必须让她觉得我在她心里彻底地死了，离开了，这样她才能真正解脱。”

黎蓝没有说话，但我知道这番话她听进去了，因为她渐渐平静下来。

我送她到宿舍楼前，把我新的住址给了她。

她站在那里看着我，眼神已没有那么严肃，多了几丝温柔。

“易扬，你最近，是怎么过来的？”

“从地狱到炼狱而已。不过幸而还有音乐。改天你来吧，给你一个惊喜。”

“是什么？”

“先暂时保密。”

她微微笑了。终于看到她的笑容了，终于又看到我的地平线了。

五

美丽的秋天来了。屋后的那片树林变成了红黄的一片，在高远的蓝色天空下很耀眼。我请黎蓝和祝亮来我这里，我们三个人去小树林挖野菜，然后在那里野炊。时间仿佛又回到了我们春游的季节，三个小伙伴尽情嬉闹着。祝亮用彩色的树叶编了一串长长的项链，挂在黎蓝的胸前。黎蓝又是春天时那个纯真快乐的黎蓝了，祝亮也恢复为春天时那个健康活泼的少年。我们在一片铺满落叶的空地上烤玉米吃，又用采来的野菜和蘑菇煮汤。这是我小时候最拿手的活儿。用落叶和枯枝烤熟的玉米散发着诱人的香味，混入野菜汤的清香，真是让人胃口大开。看着他们俩吃得香甜的样子，我感到快乐，这是很久没有过的感觉。

我在野炊快结束的时候告诉了他们俩关于冷孟春的故事，并送给他们下个周末歌剧院演出的票。黎蓝拿着票，很惊讶地问我：

“这就是你说的惊喜？”

“对！怎么样？够惊喜吗？”

她看着我点头，眼睛里闪烁着我久违的快乐的光芒。

这是一场小型的音乐会，比上一场器乐版的规模大一些，主要听众是江水洋和陈钟两方面的音乐人，还有冷孟春的一些歌迷和朋友，以及黎蓝的同学和朋友。这可以说是一场通俗音乐和古典音乐的对话，我非常期望看到它所能产生的化学效应。

黎蓝早早地来了，今天她穿了一套民族风的彩裙，让人眼前一亮。我拉着她到后台，孟春正在那里做准备。

“孟春，这就是黎蓝，我们的词作者！”

孟春看着黎蓝，脸上露出腼腆的笑容。他显得有些拘谨，甚至不知道该说什么。

黎蓝像她平常一样自然大方，她笑着问：

“听易扬说，你和我是同龄，你是几月的生日啊？”

孟春回答说是四月，问黎蓝是哪个月。

“我是十月生，算是比你小。”

我惊呼：“我们是不是错过了你的生日呢？是哪一天？”

“已经过了，易扬，就是上周我们野炊的前一天，你已经给我过了一个最快乐的生日！”

“你怎么不早说？噢不对不对，这不能怪你，都怪我没留心。”我后悔不迭。

孟春看着我说：

“易扬，你们下次野炊，可要叫上我。我给你们扛东西。”

黎蓝和我都笑了，黎蓝说：

“要加入我们的组织，还要经过另一名成员的批准，他可是很排外的。”

“他今天来吗？”

“来，他一会儿就来。”

“那我只有努力表现，以博得他的欢心了。”

音乐会开始了。我走向灯光下的钢琴，看到祝亮坐在第一排。他在朝我微笑，似乎并未注意到和我一起走上台的孟春。我弹了序曲，和孟春交换了一下目光，知道他状态很好。他在酒吧唱歌已两年，现场控制能力很强，这从他那副坦然的、旁若无人的神情就可以看出。

第一首开始了，孟春的声音一出现，钢琴的声音似乎立刻很自然地成了配角。他的声音像山间的清泉，直沁人心。他的声音和黎蓝的诗句有一种气质上的吻合，仿佛那是他自己从心中唱出的歌词。我们排练了多次，但我觉得他今天的声音尤为动人。孟春很用功也很认真，每一个字都在用心诠释，从技巧上来说已接近完美。我陶醉在其中，似乎身边的听众都消失了，只剩下了音乐所表现的时间。

我被掌声惊醒。这是我第一次在舞台上达到完全忘我之境。真不愿再回到这个音乐停止了的世界，面对令人疲惫的生活。

有两人捧着花束走上来，分别走向我和孟春。一定是我的表情还如同在做梦，送花的人是谁，在向我说些什么，我似乎都没有记忆。我只记得要把花送给黎蓝，在人群中拼命找寻她的身影。看到了，那条彩裙，和那张笑脸。她在对谁笑呢，怎么她已经捧了一束花呢？我接着才看到站在她对面的冷孟春。噢，他竟先我一步了！

我走下台，找到祝亮，先把花递给他，跟他交代了一句，然后走向黎蓝和孟春。我有些不讲理，不管他们的话是否说完，拉着黎蓝就走，另一只手再拉上孟春，把他们两个拉到了舞台上。

大家在鼓掌，我示意大家静一下，然后宣布说，这位美丽的姑娘，就是我们音乐的灵感来源，诗词作者黎蓝。掌声再次响起，祝亮很适时地捧着花跑上来，将我刚才的那束花献给了黎蓝。我留意看了一下她，她捧着花，微笑着，但表情有些拘谨，似乎想要尽快逃下去。我再看了一下孟春，发现他不再是那副超然物外的样子，而是带着奇特的微笑。这两个微笑似乎有着什么神秘的相通性和关联，令我好奇而不安。

音乐会结束后，陈钟跟我说，易扬，今晚很成功，证明你的创意和你的眼光都被接受了，也许你们会一夜成名呢。这音乐会还可以再多开几场，让更多的人听到这样的音乐。

六

果然如陈钟所说，通俗和古典两个音乐阵营都很接受这部作品。我们又开了两场较为公开的演出，同样很成功。甚至有唱片公司来找我们录唱片。我推荐他们去录孟春的其他歌曲，至于这部作品，有演出现场的录音即可。两场之后，我不想再重复这种经历了，便退出舞台，重新躲到我的乡居里。正是野菊盛开的时节，屋后的田埂上、林间空地上，到处都开满了这种黄色的小花，这是我和鸽子从小的至爱。

我告诉孟春，如果他想继续唱，陈钟完全可以为他找到更好的钢琴师合奏。但他的想法似乎和我一样，急于想回到自己那种自由的落寞的旧生活当中。

热闹和人群总是让我恐惧，在和人群接触稍多之后我便感到呼吸不畅，一定要独自躲起来一段时间。在秋天一天天走向深处时，我离开这些朋友，像一只孤独的狮子一样躲在自己的洞穴里。我感觉到一部较大型的作品在体内悄悄孕育，我不敢惊扰它，只有耐心地等待它慢慢成熟。

我喜欢上了这里的清晨和夜晚，其余的时光让人疲惫而无聊，于是我过着一种奇怪的生活。我每天六点多钟起床，外出散步一个多小时，再回来弹琴，是像晨祷一样练习手指，弹巴赫和莫扎特最多。然后是简单得不能再简单的早点——面包、水、咸菜，有时加一两个煮鸡蛋。早点后是我集中精神工作的时间，一般是两三个小时。我在早上修改和整理前一天晚上写下的东西，或者研究别人的作品。中午一两点钟时，我去附近的一家小饭馆吃午餐，午餐后去超市买晚上和明早要吃的东西，散步一小会儿。从下午三点到五六点钟我在午睡，因为这段时间往往是我最容易感到绝望的时候。这里由于偏僻，很安静，我得以在别人的繁忙中偷眠。

黄昏到来时，我就像那些昼伏夜出的动物一样又开始兴奋起来。黄昏的光线之中，午睡起来的蒙眬之中是我离灵感最近的时刻，我会全身紧张地试图去抓住它们，但它们经常会溜走。我的情绪视工作的情况而定，写得顺畅时会煮两大包面条给自己吃，甚至会跑到夜市上去喝啤酒吃烤肉；一无所获或者写得不顺手时，不仅不吃东西，还会深夜在田间狂走。

我在凌晨三点钟时入睡，此时大概是这个世界上最为安静的时刻，似乎连所有的故事、所有的悲喜都停顿了。我像一个将自己折腾得疲惫不堪的疯子那样终于安静下来，加入了众人的睡梦。

最为庆幸的是，自从搬到这里来以后，我不曾为以前那些熟悉的噩梦所困扰。也许是缪斯女神怜悯我，要让我集中精神完成这部作品吧。我对睡梦的恐惧渐渐消退了。虽然也没有做什么快乐的梦，但至少可以维持内心的平静。

鸽子的灵魂像以前一样时常伴随着我，我几乎每天都能感觉到她的存在，还不时和她说话。黎蓝的身影和笑容也时常浮现，我会经常想象她看到我某一时刻的样子时会有什么样的反应。但是另外两个女人——

我的记忆仿佛在本能地淡化她们的存在和影响。我很少去想安，更少去想沐芬。每当我的心里想起安的时候，我会迅速地跳开。我不能想她，因为我们的心曾是相通的，如果我在想她，她一定会有所感觉，她一定不能真正地解脱。我淡忘她，是为了让她更快地忘记我。

一个多月就这样过去了。野菊开得渐渐稀少，天气也越来越凉。我想去看看黎蓝和祝亮，就在一个阴郁的午后出发进城。我在城市里闲逛，在街头打电话给黎蓝，她不在学校，我又拨了她叔叔家的电话。电话响了，传来一个似曾相识的女声。是沐芬！

“你什么时候回来的？”

“昨天。你来喝茶吧，我有好东西带给你。”

“黎蓝在吗？”

“不在。”

“好吧，我去看你。”

我无法拒绝。就在我几乎将沐芬忘记的时候，她又出现了。而我也不得不承认，对她有一种特别的想念。

又坐在沐芬那宽阔的客厅里了。沐芬走了两个多月，皮肤晒黑了一些，但显得比以前更开朗、更健康了。

“你在美国都做什么？”

“东游西逛而已。看了看那里的建筑，几家博物馆。美洲大地有一种狂野的性格，比她的城市更合我的口味。你呢，在忙些什么？听说音乐会很成功。”

“在试着写一部乐队组曲。以前都是写独奏乐曲，很不一样。现在几乎有些后悔从大学里逃走了。”

沐芬点点头："和声需要大量的技术，像建筑一样复杂。慢慢来吧。我正好给你带了一些这方面的书，也许用得上。"

沐芬从一个纸箱里拿出几本厚厚的书，是管弦乐作曲方面的英文专著。

"沐芬，你别取笑我，我的英文早忘光了，哪里看得懂这些。"

"这些书大部分是曲谱分析，英文其实很简单，你只要下功夫熟悉一些术语，几天后就可以看得下去了。主要是那些曲谱资料的对比有价值，他们做得非常细致。你要再想省事的话，只看里面的曲谱也可以有启发。"

我接过书，看着沐芬说："谢谢！这么重的书，还让你从美国背回来，怎么让我安心呢。"

沐芬轻描淡写地说："这是最后几天在纽约逛书店时淘到的，我自己也买了不少。有车有飞机，又不要我出力。"

我又坐了片刻，想起还要去看祝亮，便起身告辞。沐芬似乎有一丝失望，但她做出毫不在意的样子，送我到院门。

"黎蓝说她会直接回学校。"她看着我说，眼神很淡漠，没有了刚才的热情。

我看着她的眼睛，努力想补偿一下，一手拎着那几本书，一手伸向她。

她的手很凉，我紧紧地握了握，比普通的握手延长了两秒钟，然后头也不回地走了。

我本打算找到黎蓝再一起去看祝亮，但时间不早了，便直接去了祝亮家。这座城市的交通越来越拥堵，在路上要花去很多让人恼火的时间。到祝亮家时已是黄昏了，满巷子飘着饭菜的味道。想着晚上还想见黎蓝一面，我也顾不上是晚饭时间，直接进了祝亮家。他们果然在吃饭，祝亮见到我欢呼跳跃，祝亮妈妈忙着添碗筷，我像是回家了一样受欢迎。

在祝亮家吃完晚饭，又陪祝亮弹了一会儿琴，等我再出来时，已经八点多钟了。现在如果再去看黎蓝，那么回我自己的住处必定没有公车了。但好不容易出来一次，不见到她似乎又很过意不去。我再一次打电话到黎蓝学校去，她还是不在。算了，还是回去吧。

回去的车正好经过孟春唱歌的酒吧，我打算进去看一看，也许可以见到孟春呢。

一个女孩子正在唱歌，我在靠窗的位置坐下来，要了一杯咖啡。女歌手唱了两首后，孟春果然出现了。他开始唱自己的歌。奇怪的是，他今天唱歌不再像以往那样目中无人，而是面带微笑，眼睛始终看着一个方向。我顺着他目光的方向看去，在酒吧昏暗的灯光下，看到离我很远的地方，有一个白色的身影独自坐着。我仔细去看，发现那正是我今天要找的人，黎蓝。

难怪她今天整个下午都不在，原来他们在一起。我心里生起一种莫名的焦躁的情绪。我极力保持平和，坐在那里一动不动。

孟春唱完了两首歌，在零星的掌声中走向黎蓝，在她对面坐下来。我隐约看得见他们脸上的笑容，感觉得到他们在一起时很开心。我觉得自己的血在往头上涌，或者是心里的血在往外涌，内心空虚而疼痛。

这是我应得的。我能给黎蓝什么呢？我又给过她什么呢？莫明其妙地偶尔出现在她的生活中而已。她是像安一样喜欢稳定和规律的女孩子，我连安都不能留住，又怎么奢求在黎蓝心中占据位置呢？

我喝着不加糖的咖啡，克服着自己想冲向黎蓝的冲动，像喝苦咖啡一样品尝着他们的幸福，那是一种我无法企及的幸福。从孟春第一次见到黎蓝，我就感觉到了他们气质上的关联。孟春虽然也孤僻怪异，但他心里没有强烈的反叛，他骨子里是温和的、宽容的，他和黎蓝也许是天生的一对。

我朝他们远远地无声地举杯，祝他们幸福，然后悄然离去。

公车穿过夜间的都市，从繁华到荒凉。又开始下雨了，雨点打在车窗上，气温下降了许多。我的心里像是没有了屋顶，被冰冷的雨水淋着，浸透了，没有一丝暖意。

七

我埋头在工作中，一心要忘记外面的世界。一旦和它接触，我就会受到强烈的伤害，我必须尽量地远离它。

两个星期过去了。我像沐芬说的那样去啃那些外文书，几天后果然能读下来了，感到一种胜利般的快乐。中午去吃饭的时候，我打电话给沐芬，把自己的成绩告诉她，她也很高兴。工作的快乐渐渐让我恢复了平静，那部作品也在慢慢成形。

一天夜里，很长时间以来我第一次梦到了安。梦到她对我很冷漠。她的脸是那么苍白冰冷，令人不寒而栗。

第二天一整天我都处于一种沉郁的情绪里，无法继续工作。我决定去打听一下安最近的情况。

我找出了音乐学院一个熟人的电话，他是我和安共同的朋友，我们叫他老冯。老冯接了电话，听出我的声音时显得很诧异。

"易扬，你怎么回事？"

"什么怎么回事？"

"你怎么能让安妮和刘某结婚呢？"

"她结婚了？！"

"对，上个星期，嫁给了我们谁都想不到的人。你们到底怎么了？"

我的心在往下沉，沉到自己都不知有多深的深渊里去。

刘某，那是音乐学院里有名的花花教授，和无数的女学生有着说不清的关系。那是我们曾经都很不齿的一个人，他比安至少要大二十岁。

这是你在报复我吗，安妮？你为什么要这样折磨我？我离开你，是衷心希望你不再受伤害，希望你得到真正的幸福，希望有一个全新的你重生出来，为什么你不理解，为什么你要这样？

我维持了这么久的平静突然间失去了，我重新回到了地狱之中。噩梦也重新回来了，总是梦到安冰冷的脸，她连看都不看我。

一切工作都停滞了，我几近崩溃的边缘。这个世界为什么要这么残忍，为什么都不肯让我平静地生活？

我似乎又病了，什么也不想吃，连着两天没有出门，昏睡、发烧、发冷。我像是被整个世界遗弃了，这样也好，我正想远离它呢。

黄昏的时候，我正在做一个可怕的噩梦，梦到自己从高高的桥上坠落，久久地坠下，看着那片深渊，却总是落不下。一阵敲门声把我惊醒了。我试图坐起来，却头晕眼花，只好喊了一声“进来”。

是黎蓝。我的救生天使，她又一次在我危机重重的时刻从天而降了。我朝她伸手，我急切地朝她伸手，像是一个溺水的人在求生。

我在黎蓝的怀里像一个孩子一样地哭泣，这是鸽子死后我第一次放声大哭。我没有看到站在门外的孟春，如果我知道他在，一定不会像这样放纵自己。

当我平静下来，黎蓝说，易扬，还有一个人来看你了。我猜到了那是孟春。他有些难为情地从门外走进来，不知所措地站在那里。

我是真的一无所有了。我无意争夺。如果我再自私一些的话，我相信自己现在还有能力抢回黎蓝。但我没有能力拥有她。安的教训正在眼前。难道要让这个世界上最珍贵的女孩子也变成安那样吗？不，太可怕了。

我努力笑着，说，看到你们在一起，像看到一部优秀的作品得以诞生一样，让人欣慰。不要忘了，我是创作者之一。

他们都腼腆地笑着，不置可否，看来我感觉到的一切是真的了，他们已经成了一对恋人。

我感到无比虚弱，他们要送我去医院，被我坚决拒绝了。他们去附近的诊所为我开了药，逼着我吃了退烧药，然后才离去。

陈钟知道了消息，第二天也来看我。第三天沐芬来看我时，我已经好多了。

我没有告诉任何人关于安的事情。它像一个新的创痛那样埋在我的心底。我等待着时间带来平复，或者带来更多的伤痛。生活就是如此，只有在忍受中等待，在等待中忍受。毕竟还有音乐，毕竟还有一份可以投入身心的工作。

第六章

一

我独自在郊区过了一个冬天，过着苦行僧一样的生活。陈钟是我现在接触最多的人，他给了我很大的帮助。黎蓝有时来看我，但每次都是和孟春一起来。她对我来说变得越来越陌生了，虽然表面上还像往常一样。我开始躲着他们。沐芬很少来，我想起她时会打个电话问候一下。我们之间保持着自尊和距离，直到圣诞节临近的时候。

那天我在城里闲逛，忽然看到一家花店门口摆放的花。我从未见过那样一种深紫色的玫瑰，花瓣像丝绸，梦境一般开放在阴冷的午后。我买了几朵，买完才开始想，送给谁呢？我拿着花走在忙碌的人群中，这种奇异的花，在这个城市只有一个人配得上，那就是沐芬。想到她送我的书，我还不曾好好答谢，便径直朝沐芬的大房子走去。

门开了，她穿了一件黑色的高领毛衣，显得孤高冷漠。我把未曾包装的玫瑰递给她，才看到她眼中有一丝笑意。

我们坐在客厅，说了几句客套话。彼此都有些不习惯，不知说什么。

“你的丈夫好像总不在家？”我突然问，自己也不知道为什么。

“他在美国。”

“不常回来吗？”

“不知道。”

我疑惑地看着她，她平静地看着我说：

“我们离婚了。”

我有些震惊，一时说不出话。

“什么时候？”

“上次去美国的时候。我们在美国签的协议。”

“你去美国就是找他离婚？”

“也不全是。我当时还没有拿定主意。他不知道我去，所以我看到了他真正的生活。”

“他有别的女人？”

“不，他和一个美国男人生活在一起。”

我低下头。

沐芬冷笑了一下：

"没想到吧？西方人总是比我们先进。作为精神补偿，他把这座房子以及房子里的大部分财产都让给了我。我没有拒绝。"

我想起沐芬刚从美国回来时我来看她，想起当时她眼睛里的希望和失望。

"上次我来时，你为什么不告诉我？"

"为什么要告诉？这是很重要的事吗？"

这的确是不重要的事。在沐芬那里，结婚与否似乎对她没有多大影响。但这又的确是一件重要的事，横在我们之间的一道无形的障碍似乎突然消失了。

"想听什么？我为你一个人演奏！"我突然兴致很高。

她有些意外，说：

"从没听你弹过肖邦。"

"好，那今天就听听肖邦。"

我曾经有一段时间迷恋于肖邦的叙事曲，这是我弹的最好的肖邦作品。我未加思索，从第一个跳入脑海的旋律开始弹奏。

音乐中充满了诉说、回忆和故事，让这座房子变得像一部小说，或者一首诗、一部电影。

我没有停息，凭记忆连着演奏完了两首叙事曲，自己也像是回到了当年练习这些曲子时的岁月。那是刚上大学时的青春时光，充满了纯洁幻想的日子。

沐芬如此安静地聆听，我感觉得到她的投入，似乎我们一起走在回忆的国度中，一起默默地回到那些有梦的最初时光。

乐声停止了。音乐总有停止的时候，它的每一次停止都让我感到失落，它的每一次停止都将我送回这个令人茫然绝望的世界。不过这一次，这个世界似乎没那么残酷，因为有一个人和我一起回来。

我回头看着沐芬。她变得温柔而安静，身上那种冷漠的气氛被音乐驱散了，我们相视而笑。

咖啡喝完了，我似乎该告辞了。但此时和沐芬待在一起又是如此诱人，我和自己搏斗着，最终挣扎着站起来。

她送我到院门口，我看着她的眼睛，发现自己立刻陷入她的目光之中，那里面藏匿的可能性让我本能地想要逃走。她很平静，没有挽留，但很温柔。这样的温柔在她身上还是第一次见到。

我像是不得不，却又不知道为什么那样离开了她。我感觉到身后强大的吸引力在将我拉回她身边。这是什么魔法，我竭力逃脱。半年来我得以摆脱情感的纠缠，绝不能重回过去。

冬天的黄昏来得很早。我在寒风中游荡，肚子饥饿时便买一块面包边走边吃。这样漫无目的地游荡似乎才是我生命的本真状态。华灯一片时，我踏上了返回住处的末班车，却在车开出两站后跳了下来，重新赶往沐芬所在的地方。

我从未像这样急切地想要见到她并拥有她。她从一开始就激起我男性的欲望，也许拥有她的欲望从来都没有真正离开过我，只不过隐匿着，或者被其他东西掩盖着、阻碍着。

我有些狂乱地按着门铃，没有人应，我再敲门，也没有回应。可我明明看到客厅有灯光，似乎隐隐还有乐声传来。她不愿意见我吗？我有些失控了，持续按着那可怜的门铃。我在她房前狂乱地走，像一只焦躁的狗，觉得自己很可笑，但毫无办法。

不知过了多久，忽然有一个黑色的身影停在不远处，看着我。我看到她，冲了过去，抓住她的手臂，急促地呼吸着。她笑着看我，似乎一切都在她的魔法之中。她那样自信地笑着，我毫不顾及自尊地说："你，你去哪儿了？"

"我总得吃饭吧？家里一点吃的也没有了。"

她说完打开了门，我仍旧可笑地抓着她的一个衣袖，像是怕她突然消散一样。

我们进了大厅，原来的确有音乐，是苔芭尔蒂的咏叹调。

我站在那里，看着她脱了大衣。与下午不同的是，她换了一件酒红色的毛衣在里面，显得更有女人味。

我目不转睛地看着她的一举一动，想要她的欲望越来越强烈。我走近她，握住她的双肩，看着她的眼睛。她不回避，带着笑意的目光迎着我火热的欲望，我们的目光在一起燃烧着。我轻轻吻着沐芬那玫瑰花瓣一样美丽的红唇，她脱下我的大衣，我们在歌声中相拥，久久地亲吻。

整个夜晚，在沐芬温暖芳香的身体中沉醉。这个女人，给了我一个男人所能得到的最大快乐，我在她的身体中忘记一切，没有孤独，没有自我，只有爱和满足。

然而就像音乐必定要停止一样，这种寄身女人的幸福也总要结束。清晨，沐芬还在熟睡，她睡得像女神一样，我忍不住再一次亲吻她。但晨光让我清醒，我悄悄地起来，穿好衣服，走了。

二

新年之前，我躲在自己的寓所里思考这次突至的狂乱举动，希望自己的心能够平静下来，回到之前的状态。但这次似乎情况不妙。我反复在想，为什么男人一定需要女人，虽然不像需要空气、面包和水那样持久，不像需要音乐那样无可怀疑，但它却潜伏着，不定期地搅乱生活。我的身体从未像现在这样明确显示出对一个特定女人的迷恋和渴望，而就心灵而言，我依然不能确定自己是否真的爱上了沐芬。可以确定的是，和她在一起有一种特殊的满足感，每一次征服她也会带来一种特殊的成就感。

新年前夕，我在犹豫不决。黎蓝和孟春邀请我去参加他们的一个聚会，我谢绝了。我想打电话给沐芬，却又在和自己的骄傲搏斗。如果我真的征服她了，如果她已成为我的女人，她应当自己来找我。我不想再像上次一样暴露自己的欲望，那样我会看不起自己。但我又坐立不安，极想要见到她。

黄昏已过，我终于克制不住内心的冲动，向沐芬的住所进发了。新年之夜，城市里的气氛不同寻常，似乎这一个夜晚应当发生比以往更为重要的事情。我饥肠辘辘地来到沐芬的门前，看到客厅的灯光，又有乐声传来。她似乎有客人，好像过得很快活。我突然莫名其妙地有些生气，缩回了按门铃的手。我像上次一样在门前徘徊，既不忍离去，又不甘心进去。

过了大约一刻钟，突然客厅的灯熄了，接着门廊的灯亮起来。我看到沐芬和一个男人走出来，像是要外出的样子。定睛一看，那个男人不是别人，正是陈钟。一股怒火从我心头腾起：这个女人，她要勾引多少男人？

我站在黑暗中，看着他们并肩走出院落，心里交织着嫉妒和怒气。我看见了沐芬的脸，她气色很好，也显得很快乐，看不出丝毫思念或不安。她显然根本没有想到我。我又瞥了一眼陈钟，这个傻瓜，像我一样在脸上写满了对沐芬的迷恋，他似乎比我中毒还深，陷入一种深情的、无微不至的奴性状态。

可怕的女人，得意的女人，一旦她宣布自己恢复自由，有多少男人开始在她脚下蠢蠢欲动，而她却尽享其成。

我在黑暗中冲着他们的背影冷笑了一下，然后毅然回头，朝着相反的方向疾行。

新年之夜，无处可去，无人可见。我在街上毫无目的地游逛，像一个游魂一样。我现在对谁都不重要，我一无所有。这一想法既令人解脱，又让人失落。我想起北方的新年，白雪中的红气球，鸽子一手牵着我买给她的红气球，一手举着糖葫芦，自己吃一颗，再给我一颗。那是多么幸福的时光，那些时光之所以幸福，是因为它们蕴藏了我们对未来幸福的期待。但现在已消解了那时的未来，也消解了以后的未来，我变得无可希望，只不过被动地活着。

远远地传来手风琴的声音。原来街角有人在拉琴。这情景真像舒伯特那首《老艺人》。我站在那里听他拉了一会儿，他拉得不算好，但他在拉一些俄罗斯民歌，这是我所喜欢的。我把手伸进大衣口袋找零钱，没有，只好又伸进大衣里子的那个口袋——我的手触到了什么？一把陌生的钥匙。

我拿出那把钥匙，在路灯下仔细看，竟看到上面刻着的两个字母："MF"。是沐芬！她什么时候悄悄把自己房子的钥匙塞进我的口袋，我竟然一直未发觉。

这么说这一周她一直都在等我，而我迟迟不露面，音信全无。我再仔细回想刚才沐芬脸上的神情，突然明白她在多么巧妙地伪装自己。

好吧，那就赌一把吧。我将去她的房子等她，如果她午夜之前独自回来，她将成为我的女人，否则——

似乎被这个街头艺人勾起了对音乐的欲望，我渴望坐在那架斯坦威前享受一个晚上。对音乐的渴望和对沐芬的欲望混合在一起，驱使着我重新回到那条街上。

我用那把钥匙打开了通往客厅的门。客厅仍然黑暗，她还没有回来。我没有去找客厅灯光的开关，直接走向打开着的钢琴，它雪白的键正在窗外照进的微光中闪耀。我坐在微弱的光线中，手放在钢琴上，心里有一支旋律一直在萦绕，我把那个似曾相识的主题完整地弹出来，竟是一首带有俄罗斯风味的曲子。我再一次确认了这个主题，然后在它的基础上发展变化，即兴演奏，自己很快陶醉其中。

我在那架斯坦威上痛快地弹着，自己也记不清都弹了些什么。当我感到疲惫之时，陪伴我的仍然只有黑暗。我在黑暗中安静地休息了一阵，不知道现在是几点，只隐约听到外面有鞭炮声。我想找支笔把那支动人的旋律记下来，就摸索着找到了开关，客厅里的吊灯突然亮起，吓了我一跳。我开了桌上的小台灯，将大吊灯关掉。小台灯旁的花瓶里还插着我送的那几枝玫瑰，有两朵残了，其他的还在开放。我看着花微笑了一下，大致记下了那支旋律。我突然感觉很饿，想起自己还没吃晚饭。墙上的钟显示是晚上十一点。我打算出去吃点东西。

我重新来到街上，发现几乎所有的小吃店铺都关门了，只好走进一家超市，买了一瓶水，一块面包。我在街上边走边啃面包，像一个无家可归的流浪汉。

我再一次回到这所舒适的大房子，沐芬还没有回来。我决定去她的工作室看看。上次来时我看到工作室的门开着，通向客厅。

这是一间很漂亮的大房间，有落地的大窗对着后花园。一张占据了最大空间的巨型工作台上，摆满了沐芬的图纸、资料、石膏模型等，而靠墙都是书柜，里面很整齐地分类摆放着各种书籍。我找到音乐那一架，吃惊地发现她有很多总谱，而且，大多是我偏爱的作曲家。我打开一本关于斯克里亚宾的研究著作，竟然看了下去。我这个已经多年不看书的人，竟然在午夜开始阅读。

书柜旁有一个舒适的沙发，我躺在上面看书，看着看着就开始做梦，我感觉得到自己在做梦，但停不下来。我梦到自己在海上划船，梦到海边那对老夫妇向我招手。天空很晴朗，我独自出海了。我在风平浪静的海上钓鱼，看到美丽的海平线。突然有人在喊我的名字，“易扬——”我四下寻找，却什么也看不到。我努力分辨那声音，那是一个女人的声音，但断断续续，让我无法确定究竟是谁。是安吗？是鸽子吗？是黎蓝吗？我听不出，但那声音不停息：“易扬，易扬——”

我挣扎着醒来，几乎想不起自己是在哪里。但有一个女人温暖的身体抱着我，是她在叫我。是沐芬，她终于回来了。

“几点了？”我问她。

“差两分钟到新年。”

沐芬俯在我身旁，我捧着她的脸，对她说：

“新年快乐，我的女人。”

三

我在这座大房子里住了下来，像一个一般意义上的寄生虫。沐芬雇了专门的厨师和清洁工每天按时来工作，所以我们不用为家务事烦心。沐芬把楼上最大的一个房间给我收拾出来，她自己仍然住在楼下那间卧室里，那间卧室和她的工作室相通，她说自己有灵感的时候可以随时去工作。我的房间挨着黎蓝的小房间，正对着沐芬和黎羽光原来共同的大房间，本是一个收藏室，用来摆放主人的藏品。黎羽光有收藏的癖好，离婚后他很快让人把自己那些藏品运走了；他把藏品看得很重，沐芬提起这一点时不无鄙夷。黎蓝房间的另一边则是一间较小的客房，也一直空着。自从沐芬离婚后，黎蓝很少回这里来住，沐芬为她保留了房间里的一些必备用品。

我要了一张单人床，而且是那种硬的木床，放在我空荡荡的新居里。这个房间有很大的落地窗，有阳台，正对着后花园，光线、通风都很好。晚上站在阳台上可以看到天空的云朵和模糊的星光。沐芬为我在房间里放了一张大书桌，一套音响，一个衣柜和一个书架，只需要把我的钢琴搬来就可以工作了。整个楼上都是我的天地，没什么事情是不会有人来打扰的；沐芬的活动都在楼下，我们可以互不相扰。这是一个非常理想的工作环境，我决定尝试着在这里生活一段时间。

陈钟、黎蓝都不知道我和沐芬之间所发生的事情。我不知道应当以什么方式告诉他们。沐芬说，由她来告诉陈钟，由我来告诉黎蓝。我同意了。我退了郊区那套陋室，将自己的钢琴和简单的行李一起搬进了城里。奇怪的是，在这座大房子里，我并没有夏天和安租住在一起时的那种寄居的、陌生的感觉，我在这里感到平静。沐芬很聪明，她避免成为我的负担，无论在情感上还是在生活上。当然这里也谈不上什么家的感觉，这只是一个适宜工作和隐蔽的地方，其他的一切都可忽略不计。

我在春节之前终于完成了那部乐队组曲，定稿时已几度修改。我担心和沐芬的事会影响我和陈钟的友谊，但事实证明这种担心是多余的。不知沐芬是怎么告诉陈钟的，总之我搬来不久后他便来看我们了，显得很平静。我从心里对他感到感激。完成的作品交给了陈钟，我完全信任他，等待他的评判。

大学里应当放寒假了，黎蓝还在学校吗？新年以来我还未见过她，也未和她有任何接触。有孟春在她身边，她的青春应当不会虚度。我想不出更好的方法，就给她写了一封短信。

黎蓝：

你和孟春好吗？

我和沐芬在一起，住在你所熟悉的大房子里。随你嘲笑吧，我无话可说。

完成了一部新作，比以前的规模都大。希望你不久可以听到。

沐芬说欢迎你随时回来。

不要苛责我。

易扬

春节前的一天，我收到了黎蓝的回信：

易扬：

沐芬真的很好，希望你从此得到想要的生活。

期待着听到你的作品。

孟春很好，在为第一张唱片做准备。

春节他要带我去北方的家，去看冰和雪，我还从未去过北方，很想去看看。

别忘了祝亮，他说很想你。

黎蓝

作品完成后我正需要休息，我和沐芬一起过了春节。这是一段幸福的时光。越是幸福的时光，似乎越是无可记述。沐芬长期过着像我一样孤独的日子，虽然轻易不表露，但她显然像任何女人一样需要爱。我们在一起的相处，好过了我们各自的想象。

正月初三的早上开始下雨，到下午时气温已降到将近零度。但这个城市没有雪。我从电视上看到北方都在下雪，非常羡慕黎蓝和孟春。这是我生平第一次在南方过冬，对北方的想念似乎与日俱增。

厨师和清洁工都回家过春节了。我们不去打扫，两个人过着简单的日子。沐芬是一个非常安静的女人。她不看电视，除了工作，就是音乐和书，偶尔也画画，她只画素描。一般女人喜欢做的事，如种花、手工、烧菜等，她似乎都毫无兴趣。因此她的生活和我的一样简单，从不在吃饭上浪费时间和精力。我们每天晚上去固定的一家餐厅吃饭，然后带回剩餐作为明天的午餐，回来散步的路上买第二天早点所需的东西：面包、豆浆或牛奶，有时买一堆水果和零食做夜宵。

初三的晚上仍然在下雨，外面湿冷，我们都不想再去餐馆。可是总不能因为怕冷而挨饿吧。也许是黄昏的光线突然激发了我，我想起小时候在这种光线下等妈妈的饺子出锅的情景。我和鸽子挤在炉边，眼巴巴地看着妈妈在灯下忙碌，饺子煮熟时散发的香气让人流口水。我突然有一种冲动，要做一顿饺子给沐芬，也给自己和鸽子。我去厨房，看到有面粉、白菜、萝卜、黑木耳和一些干菇，最重要的是还有两棵大葱和生姜。好了，完全可以做一大盘素饺子了。

沐芬懒在沙发上无所事事，我把她拉起来，我们一起进了厨房。很久没有和面了，手指在面粉里，少年时光的记忆也悄悄潜入。

母亲是一名医生，工作非常辛苦，在我十岁、鸽子六岁的时候离开了我们。此后父亲带着我们兄妹，每天是他给我们做饭。虽然没有母亲做的饭好吃，我和鸽子仍然吃得很香。我和父亲在宠爱鸽子上有一种默契，我们不让她干一丝家务活，只要她站在一旁笑一笑，我们就很满足了。

父亲是一名音乐教师，他也是我的音乐启蒙老师。在他发现自己已不足以教我音乐时，他为我找到了当地最好的钢琴老师。父亲在我考上高中那一年也离开了我们，可能他太想念母亲了。他悄悄地攒下了我和鸽子三年的生活费。父亲临终前交代我，高中毕业后一定要读大学，要完全靠自己，而且还要帮妹妹，要一直帮妹妹读完大学，一定不能让她打工，一定不能让她像母亲那么辛苦。

和鸽子相依为命的那些年，既辛苦又快乐，既漫长又短暂。高中毕业后我考上了音乐学院，带着鸽子到了B城。鸽子读中学，和我一样住在学校。周末我会接她到我的学校听音乐，或者骑车带她出去玩。我当时所有的同学都喜欢鸽子，每个人都为她做过模特。我四处教学生，干零活，赚我们兄妹的生活费，直到鸽子提早一年考入美术学院。她的老师欣赏她，包下了她一切的生活费用。我从此得以解脱，在大三结束的时候从音乐学院逃走了。所有的老师同学都无法理解，只有鸽子支持我。我做任何疯狂的事她都处之泰然。我在城市里游荡，寻求灵感和自由，后来越走越远，几乎是浪迹天涯。我以为鸽子已经长大，以为自己完成了父亲交给我的使命。我专注于自己的痛苦，忽略了心爱的妹妹。我以为喜欢她的人很多，以为她远比我幸福，我以为……

往事不堪回首。不能再往下想了。每次回忆到这里就会自动中断，我本能地避免陷入那种极度的悲伤之中。但什么也无法驱除回忆所散发的惆怅的滋味。

沐芬见我有些沉默，故意问一些可笑的问题。她洗完了葱，问我放在哪里。看着她拿着两棵葱站在那里，我忍不住笑起来说，最好把它们插在花瓶里！

我们正在忙碌，电话铃突然响了。沐芬去接了电话。是陈钟。他猜到我们没东西吃，有点幸灾乐祸。沐芬告诉他我在包饺子，他立刻表示要来查看是否属实。我走过去接过电话，说，你是想让我们留几个给你吧。玩笑过后，陈钟很严肃地说："新作品不错，不过似乎还不够成熟，但是第一部交响作品写成这样，已经很了不起了。"

饺子出锅了，热气腾腾地摆上了餐桌。也许是陈钟的鼓励起了作用，我的情绪好了很多。沐芬也很开心。我们面对面吃饭，旁边小桌上摆着鸽子的照片。

四

新年过去了，城市里的一切恢复如常。我在这座房子里的生活也似乎真正开始了。我和沐芬的作息时间放在一起看很有趣。她不在晚上工作，说熬夜会让女人老得快。她早睡早起，只有周末的早上才会多睡一会儿。我仍然在午夜三点睡觉，不过不像夏天早上那样起得早，午后也不再睡觉。每天早上我起来时，沐芬已经工作一段时间了。我独自去散步，这里没有城郊那么好的散步场所，幸好还有一条足够长的林荫道。散步回来吃早点，弹琴，研究乐谱或者修改作品。中午我们不在一起吃午餐，沐芬独自午餐后要休息一小时，我要么在楼上忙自己的音乐，要么去陈钟那里参加排练。沐芬下午常有客人来，或者是工作上的，或者是朋友，有时她也外出。晚上我们才真正相聚，我会在大钢琴上为她演奏，也试奏自己的新作。奇怪的是沐芬不怎么唱歌了，有时我鼓动她唱，她也懒懒的。她喜欢读书给我听，读那些我从未看过的文学作品。等她上床休息后，我才上楼开始自己真正的工作。我问沐芬夜里的琴声会不会惊扰她，她说听到隐约的琴声，反而睡得更安稳。

我仍然惧怕午后的时光，无论是晴朗的午后，还是阴郁的午后，都常常会让我迷失。没有排练也没有什么特殊安排的午后，我常常在城里游荡，有时去看祝亮，有时去江水洋的琴行，有时独自去看一场电影。我看电影几乎只是在研究它的配乐。

我不知道黎蓝和孟春回来了没有。自那封信后他们便再无音信。元宵节过后，大学里应当都开学了吧。一个阴而有风的午后，我打了电话去黎蓝宿舍，同学说她还没有返校。我有些发慌，但立刻又笑自己多虑了。沐芬下午有客户要来，我在她午睡的时候出了门。去哪里呢？我没想好，有些无所适从地沿林荫道走着。我突然想去孟春的酒吧确认一下孟春是否也未回来。

午后的酒吧里没多少人，我走进去，还坐在上次坐过的位置，凭着记忆看向黎蓝和孟春坐过的地方。那里今天空着。我要了一杯咖啡，独自喝着，等到看到一个面熟的店员过来时，叫住了她。

"冷孟春最近来唱歌吗?"

"他回北方老家了，听说还没回来。"

"他说过什么时候回来吗?"

"没有。他走之前还开玩笑说，也许再也不来南方了。"

我对她笑了笑，继续喝自己的咖啡。

这个家伙，他把我的黎蓝带到哪儿去了？心里腾起这样一句话时，我自己暗吃一惊。

又过了一个星期，他们没有回来，也没有消息。我的担心变得无法掩饰了，我发动了陈钟去想法和他们取得联系，但是竟然没有人知道冷孟春的家具体在哪里，大家只知道他们买了去北方一座大城市的车票。沐芬也卷进来了，她询问了黎蓝远在外地的父母，父母说她除夕打过一个电话，后来就再无消息，他们也正在家里着急呢。

我变得焦躁不安。一开始在沐芬面前我尽量显得很平静，但时常表演失败，露出真面目。好在沐芬似乎不计较，因为她也在担心。

又一个星期过去。有一天晚上，电话响起，我有一种强烈的预感，那是黎蓝。沐芬接了电话，果然是她！我从沐芬和她的谈话中知道了大致情况，原来这两周她和孟春去民间采风了。我心里突然很生气。"易扬，黎蓝要和你说话。"沐芬回头叫我。我接过电话，听到那纯净清澈的声音，一时不知说什么。黎蓝似乎还沉浸在远行的快乐之中，她说了几句后，感觉到我的沉默，问我怎么了。“没怎么，很高兴你平安归来。”我冷漠的语气让自己也感到意外，记忆中我还从未这样对她说过话。黎蓝在那边愣了几秒，不知所措。她突然说出的话让我更为情绪低落：“易扬，你有安妮的消息吗？我听说她过得不好，我本想去看她……”

“你还是照顾好自己吧，别人的事不用去管。”我继续着冷漠的语调，也终于在这一刻明白我是在报复她，包括和沐芬在一起生活，似乎都是在报复她的背叛。

她显然受了伤害，我听得出她几乎带着哭腔问我怎么了，我没有解释，很礼貌地说了再见。

我回身，看到沐芬正在以那种不可捉摸的表情看着我，似乎在冷笑，似乎看穿了我心里的一切。这更让我恼火，我一句话不说从她身边走过，径直上楼去了。

五

我过了几天幽闭的日子，几乎不和别人接触，包括沐芬。像初来这城市一样，生活让我重新确证了那条准则：多情多苦，无情无忧。两年来我是如何偏离了这一原则，获得了多少新的伤害。我决心重新回到起点，远离温情，尤其是远离女性。我需要沐芬，她已是我生活的一部分，至少一段时间内我不会离开她，但我再也不会陷入和她或者和任何女人的情感纠缠之中。我要忘记安妮和黎蓝，我甚至要忘记鸽子，正是她所带来的伤感使我变得软弱，人在软弱的时候便会屈服于感情的力量。

沐芬这几天是怎么过的，我都不大清楚。每天我只在散步的时候下楼。下楼时碰到过她，她以惯有的姿势靠在沙发上，看我时的眼光没有疑问和不安，一副听之任之的样子。我感谢沐芬给我的自由，但也惊异于她的冷静，她对人世的冷漠远在我之上。

四天后我在散步时为她带回一束菖兰，宣告解冻，她接过花莞尔一笑，完全会意。我们的日子又恢复如常。

祝亮完全康复了，才二月份，他就问我们什么时候去春游。我给他布置了新一年的学琴计划，这计划是朝着培养一位真正的钢琴家制订的。祝亮一开始喜欢莫扎特，但现在他渐渐感到巴赫音乐的吸引力，更多地开始弹巴赫。为了他的身体着想，我也认为他选择巴赫是理想之举，我很担心贝多芬或浪漫派的音乐会毁了他。而且我发现，祝亮的气质完全能够表达巴赫音乐的纯净、虔诚与热情。在过去的一年多时间里，我已经基本上改掉了他弹琴上的一些有碍发展的毛病，生病期间他很听话地着重练基本功，现在应当有一个新的开始。“祝亮，你现在十一岁，等到你十六岁时，就完全可以登台表演了。”“我真的可以像你一样开音乐会吗？”“会的，会比我弹得还要好很多倍。”

陈钟为我那部新作提了很多意见。放了几个星期再来看，我自己也发现它很不成熟。沐芬建议我试试协奏曲，说中国的协奏曲至今只有两部：《黄河》和《梁祝》。中国音乐是否应当纳入西方音乐发展的轨道，我还没有想清楚；我的任务只是找到我个人的音乐语汇，不用在意它是中国的还是哪里的。我必须更多地学习和声和配器技法，也必须更多地积累灵感。

春天再一次来临，这是我在这个城市度过的第二个春天。三月初，沐芬接到了来自欧洲的访问邀请，要在四月底到五月访问瑞士和德国。她问我是否想和她同行。我以什么身份和她同行呢？我问沐芬。“你就做我的助理吧。灵感助理。”她说。我答应了。

我们一边继续着日常工作和生活，一边为欧洲之行做准备。沐芬在欧洲没有多少闲时间，我们一起制订了各自的行程安排，很多时间我可以独自去游荡。我没有什么钱，我让沐芬列一张账单，把我借用她的钱都列出来，日后我一定会还。

黎蓝和孟春很久都没有消息，听陈钟说，孟春在录制他的第一张专辑。春节那次事情过后不久，我就明白自己表现得有些可笑，心里感到有愧于黎蓝，但因为害怕新的纠结，也没有试图去弥补。我想她一定认定我是一个可怕的、不可接近的人。

三月里我给老冯打过一个电话，问了安妮的情况。那是我鼓足了一个月的勇气才去打的电话。我想听到她的消息，也怕听到她的消息。“她春节后就和姓刘的分居了。”老冯说，“可能还是那个家伙老毛病不改，整天不干不净的。”“她还住在原来的地方吗？”“没有，她另外租了公寓房，离音乐学院不远，我还去帮她搬家了。”“她，现在怎么样？”“好多了，似乎一心扑在音乐和教学上了，拼命工作。身体不大好，但也还扛得住。”我心里安定了许多。也许我一直期待的情形开始出现了吧。“老冯，她有什么紧急情况还麻烦你告诉我，不过，不要告诉她我问起过她。”老冯叹了口气，说：“你们俩呃，我可真是看不懂。她跟我说，如果你问起她的事，就说不知道；你又跟我说不要告诉她。”

六

在瑞士我看到了保罗·克利的油画作品。他是鸽子最喜爱的画家之一。在德国我去了莱比锡的圣托马斯教堂，这是巴赫曾经工作过的地方。我对欧洲并无崇拜，因为这些艺术家并不代表欧洲，就像欧洲也并不意味着这些艺术家一样。走在西方的大街上和走在中国的大街上并无明显不同，真正令人崇敬的艺术永远都藏在俗世的某个角落。只不过在肤色长相以及语言习俗和自己差别巨

海因里希就像我们的弟弟一样，走到哪儿都扮演着照顾我们的角色。我和海因里希同化了沐芬，我们以一种最简朴、最自由的方式旅行：背包，步行加自行车，乡村小旅馆甚至露营，最多的时间都花在绿色的田野、树林、湖泊、山坡上。因为有海因里希指引，我们充分领略了德国的民俗、音乐以及建筑，真希望这样的旅行是一年而不是一星期。沐芬从未进行过这样的旅行，她皮肤晒黑了，但显得健康开朗。我也见识到了这个优雅高贵的女人的另一面，她疯玩起来的时候比我们都大胆，在城市里永远看不到她那种无拘无束的笑容。也许是因为这样的旅行方式是短暂的，又有海因里希陪伴，沐芬才肯迁就吧。在德国的最后一周是我们三人共有的愉快记忆，虽然它很快就被回到正常轨道的日子所覆盖。

第七章

一

又一个漫长的夏天来了。和沐芬在一起的日子很平静，但精神上渐渐有一些慵懒。也许是她决定了整个房子的闲散的节奏，我无法打破它。我竭力在自己的房间维持自己的空气，一种简单朴素的东西。但我的朴素领地似乎在一点点缩小。我们在一起，更多的是我在顺应她，从衣着服饰到饮食。她虽然表面上不讲究，但事实上是一种最精细的讲究，是超越布尔乔亚的布尔乔亚。我花了很长一段时间意识到这一点。我原以为我可以改变她，而不是被她和这所房子改变。

有一个欧洲的著名乐团来这座城市演出，沐芬和我一起去听。这种场合我总要顺应她，穿上正式的套装芬稍加装饰便优雅美丽，被她挽着手臂，走在的音乐厅中，是一件很能满足虚荣心的事。

一晚演奏的是什么曲目，总之是最保险的经典，观众有礼貌地鼓掌，乐队指挥有礼貌地鞠躬。我坐在那里，坐在沐芬淡淡的香水味中，看着台上台下的一切，突然感到非常虚假和滑稽，几乎不能相信自己竟然忍受或享受着这一切。

散场了，我们走出来，我一直沉默着。沐芬叫了车，我对她说：你先回吧，我想走一走。她愣了一下，看着我，说：那我陪你走。我拍拍她的肩，安慰地说：我想静一静，看看能不能找到点灵感。你先回，我不会太晚的。她的神情很古怪，显然是自尊受了伤害，但她尽力不流露，坐进了车子，走了。

我觉得自己刚才的话很可笑，创作现在已经成了我的一个挡箭牌和借口。外面很热，我脱了西装，扯下了领带，信步在街上走着。去哪儿呢？

很久没有黎蓝和孟春的消息了，我只知道孟春在录制他的第一张专辑。我突然有些想他们，决定去加缪酒吧碰运气。

等我到酒吧所在的那条街上，已经很晚了。我下了车，朝加缪那两个闪光的字走去。这是沐芬比较欣赏的那个法国作家的名字，她给我读过他的一些作品的片段。离开大学以后便不怎么读书，我那本随身携带多年书依然没有读完。我不能把它读完，因为那样我它了。我需要它在我心里引起的亲切而神秘的感觉，只在偶尔心境适合的时候翻开来，读上几句。沐芬和我不同，她具备一个文化精英所需要的一切阅读，并且时常对我实行扫盲。

快到加缪门口了，我突然看到两个熟悉的身影从里面走了出来。是黎蓝和孟春。他们肩并着肩，手拉着手，很亲密。我闪躲在树影下，看着他们。孟春把吉他递给黎蓝，从墙脚推出了脚踏车，黎蓝背着吉他，在孟春的车子踩动之际轻巧地坐在后座上，一只手臂很自然地揽着孟春的腰。他们从我面前经过，我清楚地看到他们的笑容，看到黎蓝飘散的亚麻色头发，看着他们朦胧的背影在昏暗的小街中远去。

一种深重的失落感。仿佛随着他们的背影逝去的是我的青春，和一切有梦想的日子。我像一个堕落的中年人，被青年人所远离和抛弃。我看着自己手里的高级西装，不禁怪笑了一声。

我又在这深夜的陌生城市里流浪。半年来它退缩到那所容纳我的高级住所背后，隔着沐芬，我不再感觉到它，既不憎恨，也不依赖。现在我又回到它中间，但情形令人尴尬。我避免从一切玻璃品中看到自己的身影，那样可能会让我发疯或自杀。

墙脚的一个乞丐引起我的注意。他席地而坐，在啃一块西瓜，脸脏得看不清容貌和年龄，浑身散发着怪味。看我低头看他，他抬起脸，一双眼睛在路灯光下发出亮光。他习惯性地朝我伸出手。我把手上的西装递给他，他缩回了手，愣在那里，吃惊地不解地看着我。我把西装团成一团，塞在他怀里，头也不回地走了，心里说：领带就不给你了，留着它我还有机会自杀。

我不知道该去哪里。现在除了祝亮，我在这城市里似乎没有朋友了。自从我和沐芬同居以来，陈钟虽表面上和以前一样，但我们之间显然不再是过去那样的朋友。我想起去年此时，我同样在这城市里茫无目的地游荡，现在的境遇并没有什么根本的区别。

走到疲惫不堪时，我进了一家酒吧，要了一杯酒，独自在一个角落喝起来。一杯快喝完时，一个女人走过来，在我对面坐下。“独自喝闷酒啊？”她细声细气地说。我最讨厌女人用这种腔调说话，看都没看她一眼，转过头继续喝杯里的残酒。她在抽烟，看我不理她，就很无礼地朝我吐了一口烟。我转头怒视着她。她却笑了。她的笑很像一个人。我沉默了。

“我们去跳一支舞吧，看你的样子，很适合跳这种华尔兹。”她说，声音比刚才要自然一些。

“对不起，我不想跳，只想一个人待着。”

“那我陪你聊天吧。说说看，遇到什么不顺心的事了？让我猜猜看——和老婆吵架了？”

“你是在工作，还是在好心帮我?”我冷冷地问。

“两者都有吧。我是在工作，但我也不随便帮人。”她很平静地回答。

我忍不住看了她一眼。她装扮得很艳丽的面孔，在不笑的时候有一种奇异的严肃和悲伤；但她笑的时候，有几分像我亲爱的鸽子。

我远离鸽子很久了。我尽量不去想她，尽量封闭我们之间的那些回忆。也许是我现在的生活和我们当时的理想相距太遥远了吧，也许是我想尽量简化自己的感情生活吧。

我叫了酒吧招待过来，又要了一杯酒，问她想喝什么，她说要一杯杜松子酒。

“你叫什么名字?”我突然问她。

她一笑，说:“我没有名字。你就叫我‘喂’好了。”

“你做陪酒做了很久了吧?”

“还好吧，我在三家酒吧轮流做。”

“你白天干什么?”

“你不会是个记者吧?”

“你见的人比我多，你看我像做什么的?”

“不好说，你这个人职业特征不明显，但不怎么像记者。”

酒来了，我们莫名其妙地碰了碰杯。

“我给你算算命吧。”她突然说。

“看手相吗？我可不信命。”

“可以看看吗？也许我能从你的手上看出你的职业。”

我把手伸给了她。她轻托着我的手，脸凑在上面细看。

“说吧，你看出了什么。”

“你是一个搞艺术的，具体是什么不太清楚。你还没有结婚，但有过三次恋爱。”

我心里有些受惊的感觉。我看着她，不置可否，让她继续说。

“你的事业刚刚起步，离成功还有一段距离。”

“有多远？”

“不好说。我说的这些，还不算离谱吧？”

我朝她举了举杯，说：“比街头那些算命的要好。不过有一点你说错了，我没有谈过那么多次恋爱，如果说有的话，只有一次。”

“男人大多两种类型，一种是炫耀和夸大自己的恋爱次数，一种是扮演忠诚坚定的君子，看来你也不例外。”

我笑了：“那我就当一回君子吧。”

“如果我说你当不了呢？”

“此话怎讲？”

“你不是一个忠诚的人，因为你没有最爱，今后也不会有。”

“那有没有最爱我的人？”

“有，爱你的人不止一个，对她们来说，你都是最爱。”

“你说错了，按你的说法，她们如果真的爱过我，最终都会恨我。”

“愚蠢的女人选择仇恨，聪明的女人选择遗忘，伟大的女人选择坚持。”

“没想到你是一个爱的哲学家。那么请问，你是哪一种女人？”

“我有时聪明，有时愚蠢，从不伟大。”

“也许我们都是如此。”

我们相视一笑，从她的笑容里我似乎看到了她的另一副面孔，一副藏在浓妆艳抹下的严肃面孔，我很好奇地想看到她不施脂粉时的样子。“在其他场合可以见到你吗？”我问。

“可能性不大。我昼伏夜出，白天不大活动。”

“你的工作都包括什么？”

“陪客人喝酒，唱歌，跳舞，聊天。喜欢聊天的人不多。”

“仅止于此吗？”

“对，我从不和客人发生肉体关系。”

“如果有人要求呢？”

“那只好对不起走人了。”

“你为什么做这样的工作？”

“不为什么。就像别人做清洁工、护士、厨师一样，没有多少为什么。”

“我需要付你报酬吗?”

“你已经请我喝酒了。其他的，看你的心情了。”

“如果我想认识你呢?”

“我们已经认识了。”

“可我不知道你的名字，你也不问我的姓名。”

“需要吗？如果你再来的话，我会认出你的。”

“那好吧，你找其他人继续工作吧。我想一个人再喝几杯。”

她听我的语气冷冷的，一笑，说：“不高兴我再陪你了?”

“需要多少钱你才肯走?”

她听了并没有恼怒，仿佛她对所有的侮辱性词句都免疫似的。她坐在那里平静地看着我。

“你怎么还不走？你不是假装贞洁吗？我猜你一定和很多男人上过床。”我有意激怒她。

她的脸有点扭曲了。但她仍然不说话，只是有点阴郁地看着我。

我一口喝光了酒，站了起来，把我口袋里所有的钱翻出来扔在桌上，说：“你们分吧。”说完转身离去。

外面空气很好，夜风清凉地吹着。我走在街上，感觉脚步轻飘飘的，身上也卸去了不少负担，心头轻松了许多。已经是午夜时分，城市里许多地方陷入黑暗，偶尔一两家店铺亮着灯。去哪里呢？我根本不想回到那所大房子，但我真不知道去哪儿过夜。

走出那条街的时候，我听到身后有个声音喊道：“喂！”我回头，看到一个女人站在路灯光下。在空荡荡的街上，她的裙角在风中飘动，身影显得动人而孤单。原来她一直跟着我。

“你身无分文，怎么回去呢？”

我朝她一笑，说：“我本就无处可去。”

“去我那里吧。”她沉吟了几秒钟后说道。

二

我终于知道了她的名字，她有两个名字，一个叫珍斯，一个叫莲露。叫珍斯的她是一个畅销书作家，专写爱情小说；叫莲露的，就是我今晚见识到的陪酒女。她白天制造那些爱得死去活来的梦幻，晚上生活在梦境一样破碎的现实中。我不知该叫她什么，但我喜欢珍斯这个名字。

她独自住在楼层很高的一所公寓里。她的公寓很宽大，有巨大的落地窗，她说可以看到整个日落的天空。她的房间很凌乱，东西随意丢放着，但这凌乱中有某种奇特的吸引力。可以看出客厅是她的主要活动场所，大致分成了三部分。一张书桌上放着电脑，桌上桌下堆积着各种各样的书。绿色的沙发前是茶几和电视、音响，电视桌周围有堆积如山的CD和录影带。在落地窗前有一张形状奇特的木桌，上面摆放着一只花瓶，瓶里插着枯萎的花，桌前放着画架和画凳。其实我一进来就注意到这一角，却有意先去观察其他角落，最后才回到窗前。这景象眼熟得令我心痛。鸽子生前独自居住的那个画室，也像这样，她也喜欢把画具放在落地窗前。我不大敢去看那画架上的画，担心那也是妹妹曾经画过的某个画面，但我又止不住自己的好奇心，走到画架前。画面上是枯萎瓶花的油画写生，技法算不上高超，但笔触和色调不同寻常。我心里松了一口气，鸽子最不喜欢枯萎的花，更不要说去画它们了，这种暗灰色调是她很少用的。

“是你画的吗？”我问珍斯，她卸了妆洗了脸刚走进来。我终于看到她的真实面孔了。她大约比我大一些，本色的脸显得既成熟又单纯。她在自己的住所像换了一个人，没有一丝做作和矫饰。

“对，我喜欢乱画，没有正规学过。”

我们面对面坐下，喝柠檬冰水。

“珍斯——”我沉吟着，不知该怎么表达。

她看着我一笑，说：

“我知道你在想什么。你想说，我有很不错的生活，可以写作，可以画画，为什么还要做今晚那样的工作？对不对？”

“嗯，算你猜对了。不过，如果那是你的爱好，另当别论。”

“算不上爱好，是一种习惯，或者是一种恶习吧，像抽烟一样。我喜欢独自生活，但夜晚我怕寂寞。写作挣来的钱，我很珍惜；陪酒挣来的钱，我可以随意挥霍。”

夜风把窗帘吹得飘起来。她穿了一件吊带的丝裙，露着肩背，站起来去套了一件黑色丝绸短衫。她在我面前很自然，就像我是她的家人，可以不避嫌疑。而我看着她的身体，没有任何欲念，反而总是想透过身体的阻碍看见她的灵魂。我们像是老相识一样亲近。

“你怎么不问我是干什么的？”我问她。

她看着我的手说：“很少有男人的手长得像你的这么修长漂亮，而且保养得很好。我猜你一定是个弹钢琴的。”

“你真是个女巫吧？”

“猜对了？哈！”

“喜欢音乐吗？我看见有不少唱片。”

“谈不上很喜欢。我写作或画画的时候，会随便听一点东西。只要我能听得下去，不妨碍工作的，对我来说就是音乐了。你以音乐谋生吗？”

“算是吧。我没有其他出路。”

“辛苦吗？”

“谈不上吧。我一个流浪汉，不过随性生活，凑巧喜欢音乐罢了。”

“别骗我，没那么简单。”

"怎么?"

"你的目光很固执，或者说很执着，说明你一定很在意某样东西。如果不是女人，那一定就是音乐。"

"怎么个在意法?"

"没有它不能活。"

"你有这样的感觉，离开什么事情就不能活吗?"

"以前有，现在没有了。"

"是什么呢?"

"爱情。"

对了，这应当就是她的故事。一个为爱而生的女人，没有了爱情，孤独而任性地活着。我想她一定有过非常悲伤的爱情故事。

"你不再相信爱情了?"

"我和它早已经互相离弃。"

"可是你还是活了下来。"

"是啊，人以为自己离了什么就不能活，未必是如此。不过你不一样，你为音乐而生。"她的声音听起来像命运女神的宣判一样确定。

我在珍斯的绿色沙发上睡了一觉。早上起来的时候她大概还在自己的房间沉睡。我给她留了字条，悄悄离开了。

三

我决心回北方去看看。旅行大概是唯一的治疗方法了。下午我回到那所房子里，沐芬在工作。我收拾好了行李，准备当晚就走。我敲了沐芬的门，她应了一声，我走了进去。

她并未工作，而是在看书，神情冷漠而平静。沐芬和一般女人最大的不同，就是她能控制自己的情绪，或者她根本就没有一般女人那些纷繁的情绪和表达。

我说："沐芬，我想去旅行一段时间。"

她没有放下书，说："好啊。"

我说："我会打电话的。"

她说："随便你。"

她没有再抬头，我本想给她一个拥抱，也只好作罢。

走出了这所大房子，真不知道我还会不会再回来。沐芬是我的恋人，但她是这里的主人，我只是一个房客。尽管我们都不在意这些，但事实的确如此。想要沐芬改变现状，跟随我去过另外一种生活，那几乎是不可想象的。很清楚，要维持我们的关系，只有我去适应她的生活。从德国回来以后，我本以为会有更多的灵感，但我已经一个月没有写出新东西了，我不知道自己是怎么了。

去火车站之前，我忽然很想见黎蓝。这种渴望已经离我很远了。我在车站附近的电话亭给黎蓝的宿舍打了电话。也许是我的祈祷终于被她在冥冥之中听到了吧，我竟真切地听到她的声音。我叫了她的名字。她沉默了片刻，我的身边很嘈杂，我想她一定听不出我的声音。但是我很快听到她惊喜地叫了一声："易扬！你在哪里？"

之前发生的一切似乎都消失了，我们仿佛又回到初相识的那些美好时光，彼此心灵相通。

"我在车站。准备回北方。你好吗？"

"你好吗？"

我们沉默了片刻，都笑了。

"我去送你。"她突然坚定地说。

"你，一个人？"

"当然。"

"好。"

我买了票，背着行李包在车站广场张望。在这茫茫人海中我怎能找到她？天开始下起了小雨，我有点后悔让她来了。

我在我们说好的地方徘徊着等黎蓝来。远远的一顶蓝色的雨伞引起我的注意。我盯着它不放，看着它慢慢靠近我，直到我看见伞下的身影。那个白色的身影，亚麻色的头发，清澈的眼睛，一步步朝我走近了，这次她的旁边再没有别人阻隔我们。她已经站在我眼前了，还是那么纯洁，还是那样温柔的微笑，还是我的天使。我看着她，抑制不住内心的思念与冲动，把她拥在怀里，紧紧地抱着。她没有反对，也没有回应，只是静静地让我拥抱着她。

我们一起坐在候车室的茶室里，面对面看着对方。似乎和她已经分隔了多年一样，即使这样面对面坐着，我仍然能感受到对她的思念。我观察着她的变化，她也在观察我。她和沐芬、和安是多么的不同，只有她能在我内心引起这种安宁、单纯的感觉，那是一种只想要和她静静地待在一起，不用说话，一起体会时光停驻在生命中的感觉。我努力用目光将她此刻的肖像雕刻在我的记忆之册中。

她没有问我要去哪里，我们没有说一句多余的话，只是静静地坐在一起。到我进站的时间了，我握住她的手，紧紧地握了一下，仿佛想要将自己揿入她的生命之中。我背起包，头也不回地融入人流。突然，我听到她在身后叫我的名字，而我似乎预感并一直等待着她的这声呼喊。我回头，看到她从人流中挤向我，我也往回走，我们形成人流中的阻隔，好不容易相遇。她从包里掏出一个墨绿色的笔记本，递给我，说："上车再看。"我点头，把本子握在胸前，看着她温柔似水的眼睛。忽然，黎蓝伸出手臂，搂住我的脖子，像我先前对她那样紧紧地抱了我一下，然后松手，转过头，又从人群中艰难地挤走了。我抱着她送我的本子，我猜那一定是她写的诗，我把它像宝贝一样紧紧抱着，目送着她在人群中的背影。

那的确是黎蓝写诗的本子。我在火车上读她的诗，一首接着一首地读下去。

我们用双手
为彼此的乐器调音
从而理顺了紊乱的生活

我们的光明
皆来自
晨曦微露的最初时刻

是你在敲我的门吗
你从何处来
你是谁竟会离我如此亲近
叫我名字时仿佛从心底郑重读出

你是荆棘是月光下孤寂的城堡
拥挤的世界你是我找到的唯一空旷
你是夜里的琴声
清晨的阳光和风

我看了这些诗旁标注的日期，正是我和黎蓝相识的前年冬天到去年夏天。我想起去年夏天我从海边回来，在医院碰到黎蓝，我们在车站分别的时候，她眼神中的那种依恋。那眼神和今天的眼神很像。而那时我有安，我害怕自己，我没有回应她，虽然我隐约感受到了这些诗中所写的一切。如今，她把这一切揭开给我看了，这些诗是因我而写！我的心里跳动着一种狂喜，我不再嫉妒孟春，我所拥有的已经足够。

四

火车驶向北方，在暮色中穿过南方的稻田，在温暖的夜色中奔向我熟悉的北方城市。我在拥挤的车厢中昏睡，做了一些凌乱的梦。凌晨时我冻醒了，拿出一件衬衣来披在肩上，窗外已是北方的夜，凭着那风的气味我就可以判断。我再次睡去，这一次梦到了音乐，一股强大的管弦乐音流从我的梦中流过，我分不清那是自己的创作还是别人的曲子，只记得自己竭力想要把那音乐记录下来，但是它不停留、不可逆转地向前奔涌，穿越我的心和身体。我在这强烈的感受中挣扎着惊醒，看到车窗外朦胧的曙色。北方的田野和树丛笼罩在晨曦之中，带给我一种无比亲切的感觉。我努力回想着刚才的梦，想着梦里的音乐，它们只剩下一些片断，但显然是我自己的创作。音乐缪斯再次回到我身边了。

我拿出随身的小本，把那几句旋律记下。身边的人都还在沉睡，窗外的景物越来越清晰，看得出是一个晴朗的早晨。天空干净辽阔，有成群的鸟在飞翔。此时我非常渴望能坐到钢琴旁边。

中午过了，火车抵达我要去的城市的前一站。这是我和安曾一起去过的地方。这里有一个山谷，每到秋天，里面的红叶绚烂迷人。看到车站的地名，往事随之侵入。

我在大学一年级的冬天第一次见到安。我悄悄跟踪了她一个冬天，发现她是音乐学院附中的学生，主修小提琴。她那时和奶奶一起生活，住在那个小院里。那年春天，我在她经常会去的地方频繁地出没，终于找到机会和她认识了。她接着认识了鸽子，她们两个也相互喜欢，我们开始经常一起过周末。安很顺利地考入了音乐学院，但就在她被录取后不久，她的奶奶去世了。当时正是暑假，我带鸽子回了家乡，因为我们离开家乡一年，很想回去。安那时很坚强，什么都没有告诉我们，独自默默地办了奶奶的后事。我在家乡每天思念她，明白自己已经爱上了她。我疯狂地给她写信，每天一封，有时一天两封。她没有回信，但我不在乎。后来安告诉我，正是靠了我的那些信，她才度过了最艰难的时刻。

九月份开学了，我作为老学生迎接了她。看到她羞怯又温柔的目光，我知道她已经接受了我。那是我们初恋的秋天，记忆中最美好的时光。

“安，你过得好不好？我不想说抱歉之类的话，因为我内心深处从未停止过爱你，只是，我不能以你希望的方式去爱。我多么想再见到最初的那个孤独却坚强的安。无论发生什么，我都不曾真的离开你，我们的和声永远不会停止。无论做出什么决定，都不要再伤害自己。要幸福，一定要生活得快乐。”

我心里涌动着这些话，在离她越来越近的地方感受到她的悲伤和思念。我必须去看她，否则我无法安宁。

终于又回到这个城市了。这里有我最幸福和最伤心的记忆。我先去了陵园，那里休憩着我的鸽子，我心头永远的痛。我总隐隐地希望这一切是一个玩笑，一个误会，鸽子很快会再回到我的生活中。

黄昏的陵园陷入静寂，我捧着采来的一束野花，走向鸽子的墓地。那是我和安一起亲手为她修护的。墓地保持着整洁，鸽子的照片前还放着一束稍显干枯的玫瑰。一定是那个男人不久前才来过。

他是一个天文学教授，一个科学天才，很年轻就当上了教授，还有不少发明专利。他遇到鸽子的时候近四十岁，没有结婚，但有不少女性朋友。我不知道他和鸽子是怎么认识并相恋的，只知道那一年鸽子情绪很不稳定，有时快乐得要发疯，有时又哭泣不止。我没有太在意，心想女孩子长大了有心事了，大概都是这样。后来那人专为鸽子建了一个画室，是他亲自设计装修的。鸽子让我去看，我在那间画室第一次见到他。他显得很年轻，富有童心和活力，鸽子依偎在他身边，一刻也不肯离开。我有些嫉妒那人，但看得出他也很爱鸽子。从那以后我对鸽子的生活很放心，我开始无牵无挂地浪迹。

鸽子出事后，听说他一直未婚，过着深居简出的工作狂的生活。我见过他一次，原本想揍他个半死，但一看到他那可怜的眼神，却一点也恨不起他了。我拒绝他参加葬礼，他默认了。安后来告诉我他每月都到鸽子的墓地去。

一个悲伤的爱情故事，两个悲伤的男人。我把自己那束野花放在玫瑰旁边，心里对鸽子说："好孩子，还那么伤心吗？你看，那个坏蛋被你惩罚得多可怜。你看，哥哥失去你多可怜。你这只小鸽子啊，原谅我们吧，所有对不起你的、忽略你的举动都付出了代价。一定要原谅，一定要恢复为那个快乐的鸽子。"

松林被风吹动，天色愈晚了。今晚我去哪里呢？离开音乐学院后我最多的住处就是安的小屋。我不时地离开这个城市四处流浪，但只要一回来，就直奔安的小屋。她总在那里忠诚地等我。现在，那个小屋一定冷清地关闭着，像安的心一样，把我当作陌生人关在外面。

自三月以后老冯并未打过电话给我，看来安的生活基本上是平静的。我没有勇气去我们的小院，那里有一大堆回忆在等着承受，去那里等于自受惩罚。我鼓起勇气给老冯打了第三个电话。

“安妮好吗?”

“她——说出来你别吃不消，她怀孕了。”

我一句话也说不出。

“她身体还好，前几天还在上课，不过马上到暑假了。”

“她还一个人住吗?”

“对，那个姓刘的求了她几次，她都不肯回去。她说为了孩子不会离婚，但也不再和他一起生活。”

“老冯，告诉我她的住址。”

“你别说是从我这里得到的，她不让我告诉你。”

“她，从没问起过我?”

“没有。她像是换了一个人，很坚强，也很冷漠。”

五

无法想象再次见到安我会怎样，但我必须看到她才能安心，哪怕是远远地看一眼。

晚上我住在音乐学院的招待所里，这里离安住的小区不远。在街头随便吃了晚饭，我就去她的小区游荡。时间仿佛又回到我最初跟踪她的那段日子。我在楼群中辨认着她的窗口和灯光，期待在街角转弯处能看到她的身影。但我一无所获，疲惫地回到冷清的宾馆房间。

我看着老冯给我的她的电话，只要动动手指，我就可以听到她的声音。但是我很怕。她已平静，有了自己的生活，虽不幸福，但也远离了我所带给她的种种痛苦和折磨。我不应再去惊扰她，不应再出现在她面前。

我克服了自己的渴望和想念，铺开买回的乐谱，开始全身心投入工作。我决定暂时住在这里，直到我遇到安的那一天。

那一晚工作得很顺利，火车上的那个乐思在笔下飞速地发展着，我打算将它写成一首管弦乐音诗。

两天过去了，我没有去看任何熟人，谁也不知道我回来了。我在中午和黄昏游荡于附近，希望能看到安的身影。但她似乎躲了起来。

音诗却进展顺利。楼下有一家琴行，我不时跑去试音。

第四天的下午，我在琴行里琢磨一个乐句，突然听到一个熟悉的声音。我的手指僵住了。我抬起头，看到了安。

她背对着我，但从声音和身形，我确定是她。她在买琴弦，和老板随便聊着。我埋身在许多钢琴后面，悄悄看着她。

她付了钱，装好了琴弦，转身走了。我看到了她衣裙下隆起的腹部。她走过琴行的玻璃窗，我隔窗呆呆地看着她，她脸很瘦，气色也不好，但眼神清亮，表情坚定而冷漠。我的心痛起来，头脑也混沌不清了，我跑出琴行，看着她的背影，远远地跟着她。

她在路上不时遇到向她问好的学生，看得出她很受学生尊重。她走进了音乐学院的大门，我在门口停了脚步，看着她消失在一幢大楼里。

我此行的第一个任务完成了，我该继续流浪了。我要把这首音诗题献给她。

我完成了那部作品的初稿，买了一张通往更为偏远的北方山区的车票。临行前，我去了我和安一起生活过的小屋。

这座小院里本有三户，除了安和那位久居国外的音乐教授，还有一家。那家的孩子们都去城里买公寓住，留下一对退休的夫妇守在空荡荡的院落里。大婶、大叔和安一直相处得很好，很照顾她，他们对我也很友善。

夏天的上午，大叔在院子里树荫下做什么木工，看到我突然走进来，显得很吃惊。

“小伙子，很久不见你了。”

我有些尴尬地笑了笑。安的门上了锁，窗下的植物也都不见了，看来她很久没有回来过了。

“和安姑娘结婚了吗？上次她搬家怎么没见你啊？”

“我在外地，来不了。”

“你今儿这是——”

“回来看看。”

“好，看吧，看吧。早点结婚吧，早生孩子早完事，像我跟你大婶，现在就享清福了。”

我站在安的窗前，看到屋里空荡荡的，不过我们一起睡过的那张木床还在。我们之间的一切似乎都被封存在里面。这样也好，记忆是不会消亡的，就让它在这灰尘中等待日后的怀念吧。

“大叔，我走了，问大婶好。”

“好，走好，走好，有空和安姑娘一起回来看看。”

我走向车站，心里感到些许轻松。这曾经熟悉的城市正在发生巨大的变化，树少了，路多了，桥多了，车多了，它变得更加喧闹，像是要埋葬我那些安静的回忆。我手中握有一串数字，心里感到踏实。只要拨动这几个数字，就可以抵达安的身边，这种可能性让我觉得自己不再那么孤单。我相信她对我的爱，像我对她的爱一样，不会消失或减弱，只是为了不伤害到它，才深深地珍藏。

六

离开南方已经一个多星期了。我在上车前打了个电话给沐芬。

“沐芬，你还好吗？”

“老样子。你在哪儿？”

“我在北方一个火车站，正准备上车。”

“陈钟要去东南亚演出，邀请我参加。”

“你去吗？”

“你说呢？”

“这是你的事，你想去就去。”

她沉默不语。之后突然说：

“你真无所谓的话，那我就去了。”

“我只希望你开心就行，无论在家里，还是出门。”

“你——你想我吗？”她突然低声问。

这是我们同居以来分开最久的一次。沐芬的问话充分体现了她的性格和自我定位。如果是安，她一定会直说她想我，而不会反问我。我不知道该说什么。说实话，这一星期我几乎忘记了她。也许我正是为了忘记她才离开的。

“我写了新作品，等回去给你看。你决定去了吗？”

她恢复了正常的语调：

“也许吧，看我的心情。我要去工作了，祝你旅途愉快！”

放下了最后一件负担，我终于可以自由自在地上路了。我不再像两年前那样悲伤，因为我终于开始从另外的角度来思考生活与死亡。父母的死和鸽子的死像留在我身上的三道刻痕，标志着我此生的不同阶段。我失去了自己在这世界上的三个亲人，却又遇见了三个亲近的女人。她们解除我的疲惫和伤痛，却也同时带给我感情的负担。多年来未变的愿望，只是想一个人，独自一个人，静静的没有多余的情绪。我的音乐，形式在扩大，内容却在简缩。生活和创作，都是在竭力地提炼，以求留下最纯粹的东西。

第八章

一

我进了北方的群岭。这些山都很雄伟，连绵不断的样子气势磅礴。我看到植被随着山高在更替，一路饱喝了山谷甘甜的溪水。晚上我宿在山民家里，体验他们最为朴素的生活。

有一天午后我经过一座山村小学。说是学校，其实只有一间校舍。校舍没有围墙，坐落在一片平缓的山坪上，周围种了几棵树。那种叫不上名字的树正在开花，站在树旁，可以看到眼前美丽的山谷和远处苍劲的群山。我坐在树下休息，听到校舍里传来孩子们的歌声。这歌声和那群山的身影合在一起，深深打动了我。我专心地听，听到有一个女孩子在领唱，那声音像山溪的泉水一样纯净柔美。接着我又听到一个青年男子的声音，在纠正孩子们的发音。我忍不住悄悄站在教室窗外观望。

领唱的是一个十一二岁的小姑娘，青年男子显然是老师，也只有二十出头的样子。我听他们唱道：

山间的梨花
崖上的白雪
我为你系上
绿色的丝带

曲调极为动听，我被深深吸引，印象中我好像从未听过这首儿歌。

那位老师看到我了，他冲我微笑。他们继续排练了大约一刻钟，我学会了整首歌曲。

下课了，孩子们蜂拥而出，一边好奇地回头看我这个过客，一边跑向他们的游戏场地。女孩子在跳格子，踢沙包，男孩子在打弹弓。

那位老师也出来了，笑着朝我打了招呼。

“你们的歌很好听，我也学会了。”

“真的吗？你喜欢？”

“很喜欢。是谁写的这么好听的歌？”

他有些不好意思地笑着，说是他自己瞎写的。

我有些吃惊了。他的音乐里有一种我一直追求却总感到欠缺的自然与淳朴。我对他肃然起敬。

他说自己没读过大学，上了师范院校后到这里教书，因为喜欢音乐，平时写点歌给孩子们娱乐。

我问他除了写歌，还有什么音乐活动，他说自己一个人的时候吹吹笛子。

“可以看看你写的那些歌吗？惭愧得很，我也算是搞音乐的，写一些不成样子的东西。”

他笑了，说自己从不认真记谱，写完一首就教给孩子们唱，在教的过程中修改，这些学生就是他的活乐谱。

“歌词也是你的大作了？”

“有我的，也有学生们作文中的好句子，算是我们集体创作。”

他说着朝远处一个学生招手，她跑过来，原来就是那个领唱的小姑娘。

我连忙说：“她天生是唱歌的！”老师点头，说，她是这班学生中乐感最好的。

小姑娘来到我们面前，看到我时有些腼腆。老师说：“雪叶，这是城里来的音乐老师，想听我们的歌，你想不想给他唱两首？”

雪叶有些害羞，迟疑着。我拿出随身带的一个小录音机，对雪叶说：“小妹妹，你的声音很好听，你老师的歌更好听，我想把你们的歌带出去，让更多的人学会唱，你愿意吗？”

雪叶说：“那你可要告诉大家那是我们老师写的，我们老师叫唐老师。”

“那当然了！”

雪叶说：“那我就唱了。”

我打开了录音机。雪叶一开口，就让人觉得人声是最美的乐器。她连唱了三首他们的歌，都是一些深入我心的旋律。

老师名叫唐溟，二十四岁。我们聊起了音乐。他虽非专业出身，但悟性很好。西方音乐他说听得不多，喜欢贝多芬和门德尔松，最喜欢勃拉姆斯。勃拉姆斯第一和第四交响曲的录音带已经被他听坏了。他最熟悉的当然是中国民乐。

下午还有一节是体育课，唐溟让孩子们自由活动后回家，他要陪着我四处走走。我们在山谷里沿着溪水漫步，我大致讲了我的音乐经历，他听得很出神。他建议我在这山谷里住上一段时间，一定能写出好东西。我也的确喜欢这里，决定先住两天再说。

唐溟带我去他所住的村庄，说是村庄，其实只有四五户人家。远远地我看到了雪叶，她正在溪边洗菜，看到我们走来，站了起来。她长得不算好看，但一笑起来，样子很可爱。

唐溟说：“雪叶，易扬老师今晚就住我们这儿了。让你姐姐多做两个好菜，给我堂屋的炕上准备一套被褥。易老师可是大音乐家，一定要想办法留他在我们这里多待几天。”

雪叶睁着好奇的眼睛看我："大音乐家？那你也会写歌了？"

"岂止是歌，易老师还会写交响曲呢！"

"像贝多芬一样？"

"比贝多芬差远了！"我笑着冲她做鬼脸。

雪叶兴奋地跑回家报告去了，一边跑还一边回头看我这个"贝多芬"。

"她的姐姐叫雪枝，唱歌还要好听，可惜结婚不到两年，丈夫就病死了，她一个人带着孩子回娘家来住。我住在那边，那是老乡们专门给老师盖的，有两间，你就和我住吧。我吃饭都在这几个老乡家包伙食，一星期一家，这个星期正好在雪叶家。"

我随唐溟来到他的农舍，院子里干干净净的，种着一些小花小草。屋里很简单，就分里间和外间，外间的门窗朝院子，是阳面，里间朝着后面的山谷，和山野只隔着一圈低矮的围墙。外屋的窗下是土炕，连着炕的是灶头，有两口锅。唐溟住在里间，支着一张木床，靠墙一个书架，一个木柜。他说吃完晚饭让雪枝把炕收拾一下，我晚上就可以睡在热炕上。后门旁靠窗还有一副桌椅，光线很好，窗外正是山，他说我可以在这张桌上工作。平常他在这张桌上练习毛笔字，批改学生的作业。

时间接近黄昏了，几户人家的屋顶都飘起了炊烟。我们朝雪叶家走去。雪叶在门口干活儿，看我们来了，朝屋里大声喊，老师们来啦。

雪叶的父亲从屋里迎出来。一个五十岁左右的山民，看上去有些木讷。“这是李叔，雪枝和雪叶的父亲，我们这里的能工巧匠。”唐溟向我介绍。原来雪叶的母亲几年前就去世了，雪枝现在回来，顶替了母亲的角色，成为家里的主妇。

屋里传来孩子的哭声，雪叶跑进屋，抱出来一个两三岁的小男孩。

“枣蛋儿，你妈妈呢？”唐溟逗着那个小男孩，一边问他。

“妈妈做饭饭。”

我们在院里的石凳上坐下来，一棵大槐树罩在头上。枣蛋儿在院子里跑来跑去，看见人多了很兴奋。李叔没说两句话，就又回屋忙他的木匠活了。雪叶坐在灶台前烧火。

二

雪枝回来了，她提了一篮菜走进院子。她长得很美，虽然这美被朴素的生活掩盖得所剩无几，我还是能够辨识她身上的特质。鸽子要是在就好了，她一定会第一眼就被这个人物所吸引。雪枝沉默寡言，只偶尔淡淡一笑。唐溟说，自从她丈夫死后，大家就再也听不到她唱歌了，而以前她是这山谷里的夜莺。

雪叶在烧红薯玉米稀饭，雪枝炒了三个菜，又给我们烙了油饼。这都是我想念已久的乡村食物，没等开饭，我已经饥肠辘辘了。

掌灯时分，晚饭摆上了桌，一家人围在一起吃饭，这是我很久没有体会过的情景。雪枝和父亲都不大说话，雪叶是一家人里最开朗的。饭菜香极了，我由衷地称赞着，说自己很多年没有吃到这么可口的饭菜。我看到雪枝听后笑了，难得看到她笑，所以觉得那笑容很珍贵；雪叶很自豪，说，易扬老师，那你多住几天吧。

晚饭后我们坐在院里，山里的夜晚很凉。有一弯半月在头顶。唐溟取了笛子来，为我们吹了两曲。他鼓动雪枝唱歌，雪枝摇头，让雪叶唱。少女的歌声像那半月一样纯洁。枣蛋儿在雪枝的怀里睡着了，她抱着他进屋去。

我思索着这个年轻女人的命运。她的心灵这么早地就向外界关闭了，她用劳作和沉默掩藏着自己的青春和美丽，对生活不抱过多的希望和幻想。她会在这种压抑的生活中迅速衰老，之后更有理由平凡地、单调地生活，直至死去。唯一能够改变她的，只有爱情。什么样的人能打动她，改变她今后的命运？这闭塞的山沟里她又能幻想遇到什么样的人呢？也许她正是清楚这一点，才不再对命运抱有希望。

但是，反过来一想，我怎么知道她不喜欢现在这样平静的生活？也许做一个沉默、贤能的母亲是她今生的最大愿望呢。她的表现不同寻常，并不能说明她不幸福。

我想起自己离开南方之前认识的那个女人，珍斯。无论有多么绝望，珍斯也许还在暗暗期待新的爱情。她同时生活在虚构的和现实的世界中，她的爱情幻想也许是最富理想色彩的。

唐溟在叫我休息了，我从胡思乱想中惊醒。雪叶送我们到院门口，外面坡地上一片银白的月光。

我的炕铺被收拾得整洁温馨，原来雪枝在我们等她的时候已经来过这里了。进山这些天来我没有受到多少情绪干扰，我不想任何人，心里空而不虚。但今晚这月色，这寂静的院落，这散发着阳光芳香的棉被，让我心有所感。尤其是临睡前独自躺在窗口照进的月光下，我隐隐思念着一个人。我从背包里拿出那个绿色封皮的本子，放在胸前。黎蓝，你也在想念我吗？还会为我写诗吗？

一些温暖的旋律在这想念之下隐藏着，等待着我的挖掘。我要写第二部声乐套曲，为黎蓝的这本诗集。我要把它写成这山谷一样远离喧嚣的宁静之作。我打算写成笛子和人声之间的对话，我要在笛子和人声之间找到一种新鲜的和声关系。唐溟将是我的最佳搭档。

三

这一晚我睡得很沉，做了些什么梦也都不再记得。我一觉睡到了黎明，看到窗外山谷里的薄雾，决定起来外出散步。

院子里的牵牛花开得正欢，每一朵都带着露珠。眼前的一切景物都是如此清新。我顺着溪边小径向前走，山谷里弥漫着轻纱般的晨雾。溪边不知名的蓝紫色野花像繁星一样，我兴致很高，像女孩子一样采了一束。

天色渐渐明亮，天空呈现出日出前的红晕。远远地我看到一个人影，原来是雪枝，她看着一大一小两只羊在溪边吃草。她起得比我还早。我朝她挥了挥手中的花束，她微笑。我把花递给她，说，送给你。雪枝接过花，说我们叫它星星草。我说，我摘下来送给你，它们就变成了忘忧草。她抿嘴笑。

我继续向前走，听到雪枝在身后说，一会儿去家里吃早饭！我大声回应了她。

早饭又吃到了雪枝烙的饼，还喝上了新鲜的羊奶。唐溟吃了早饭要去学校，问我有什么安排。我说想待在屋里，整理一下这些天的旅行所得。

寂静的上午，我坐在那张小木桌前，重读黎蓝的诗。昨夜那些暗暗涌动的乐思还在酝酿之中。早上的散步和与雪枝的接近带给我新的灵感。我努力捕捉着心中的感觉。

近中午的时候，我写成了第一首的初稿，感到有些饿了，就提早来到了雪枝家。雪枝抱着孩子坐在院子里教他数数，手里一边在剥豆子。我坐下来帮她剥，她问我是不是饿了。我点点头，她取了些花生和红薯干来。我吃着花生，问她："雪枝，你比我小吧？我二十七，你呢？"雪枝说："我二十五。""可我觉得你像姐姐一样。我们结拜成姐弟怎么样？"她笑了，说："你没有姐姐吗？""我只有一个妹妹。""那好啊，从此以后你可要听我的。""那当然。姐姐也要给弟弟做各种好吃的。""一定。你想吃什么就给你做什么。"

雪枝问起我的父母，我说都离世了，我现在是孤身一人。从她的目光中我看出她对我充满同情，同时她也好奇，为什么我不觉得悲伤孤单。我告诉她我没有固定的工作，但我从来不为此烦恼。雪枝说她曾经想过到城里打工，但孩子还小，家里父亲和妹妹也离不开。我问她打工想做什么，她说想做理发师，或者去餐馆。

"听他们说，你的歌唱得很好，能唱给我听吗？"

她沉默了片刻，说："我的嗓子坏掉了，唱不了了。"

"我不信！"

"真的，不骗你。枣蛋儿他爸去世后那一年我没心思唱歌，再后来想唱时，发现声音出不来了。"

“枣蛋儿他爸，他对你一定很重要吧。”

“我们从小一起长大。他家就在不远处，我们一起上学，一起放羊。”

“他怎么这么早就去世了？”

“他从小身体不好，我父亲当初不同意我嫁给他，嫌他干不了力气活，是我自己坚持的。”

“你现在后悔吗？”

“当然不后悔，他人虽然走了，心却一直跟着我。”

我的心被暗暗触动。这应当就是这个女人隐藏的美丽吧。我先前对她的判断果然是肤浅的。她的朴素是她的天性，而非因为苦难和绝望所致。

雪枝去做饭了，做我最想吃的宽面。我领着枣蛋儿在坡上玩儿，小孩子一会儿就和我熟了。他像别的小孩子一样喜欢捉迷藏，咯咯地笑个不停。

雪叶远远地叫枣蛋儿，枣蛋儿听到后向她跑去。雪叶背着书包，拉着枣蛋儿走到我面前。

“易扬老师，你来了，唐老师怕你还在他那儿，回去叫你呢。”

“雪叶，今天上的什么课？”

“两节语文一节数学，最后是音乐课。”

“天天上音乐课啊？”

“是，我们唐老师说，应该天天歌唱，这样才会活得开心充实。”

“唐老师真是个了不起的老师！我小时候要有这样的老师就好了。”

“大家也都说我们唐老师是好老师，县城调他他都不肯去呢。”

“为什么？”

“他说那里人多领导多，有人管着他，不自在。”

正说着，唐溟从他的小屋那边走来，手里提着一袋青苹果。

“雪叶，我好像听到你在说我。不是在说我坏话吧？”

“不告诉你！”雪叶调皮地说，领着枣蛋儿回家去了。

“老乡听说来了客人，送了一袋苹果。别看它还是绿的，又脆又甜。拿过来大家一起吃。”

“雪叶说你是个人人夸奖的好老师。”

“嗯，还算有良心，哈哈！怎么样，上午有什么收获？”

“在你们这里感觉很好，我打算在这里写完一部作品再走，而且想请你合作。”

“好啊！不过，我能行吗？”

“我想写一部声乐套曲，用笛子和人声两个声部和声。我先写人声部分，你再配笛子部分，如何？”

“好好好，这个想法好，我愿意效劳！”

唐溟兴致很高，我被他感染，也更有信心了。

四

我在这山谷里住了一个多星期，写作进展顺利。我完成了四首，唐溟也写完了两首的底稿。他很有灵感，如果再多一点专业的训练和技巧，就可以独立作曲了。我闲时把他为学生作的那些歌记录了下来，共有十首之多，都是不可多得的精品。我告诉他，这些歌如果加上好的制作，一定会流行，它们赚的钱，足够给他们学校买架钢琴，给孩子们买别的乐器和用具。唐溟听了很兴奋。

雪枝成了我的专职“保姆”。我爱上了她做的饭，她做什么我都吃得香，这让她特别自豪和高兴。第二个星期唐溟换到另一个老乡家吃饭，我还留在雪枝家。大家都知道我认了雪枝做姐姐。作为报答，我有空就帮她家干活，帮雪枝爸做木工或者地里的活儿，帮雪枝挑水，劈柴。邻家的奶奶看到我干活儿，就说：“多好的小伙子！干脆留下来当上门女婿多好！”我笑说：“雪枝姐看不上我哪！”我以自己出色的体力活赢得了雪枝爸和其他人的尊敬，这一点令我很骄傲。

一天早上，我正在小桌前埋头涂抹，忽然听到前院传来细细的歌声。我屏息静听，那不是雪叶，而是另一个人的声音。声音很细小，但音准和节奏都极有表现力。难道是雪枝？我站起来走到门口，看到雪枝在为我晾衣服和被子。她背对着我，不经意地哼着一个曲调。

我悄悄站在她身后听着，她似乎觉察了，一回头，看到我，抱歉地笑着，说："打扰到你了，对不起！"

我说："雪枝，你刚才唱的是什么歌？"

"我自己随便瞎哼的，不知道是什么。"

"你骗我，你说不能唱歌了，可是明明唱得这么好。"

"这也叫唱歌？傻兄弟，这要比起我先前唱的，只能叫蚊子哼。"

"可我觉得好听，你再哼一段给我听。"

"我偏不！"

我们相视而笑。我想一定是我在里面哼唱，勾起了她的乐感，所以也忍不住哼唱起来了。

"你刚才唱的，我已经记下了。"

"真的？你唱给我听听。"

我哼了她刚才的曲调，她显得很惊讶。

"你真不愧是音乐家，一听就会。能不能把你写的歌也唱给我听听？"

"可以，但是有个条件。"

"什么条件？"

"我要请你唱我写的歌。我相信你的嗓子没问题，只不过很久不唱，没有打开。练一练就恢复了。"

她表示不相信。

"不信你每天清晨到山头喊几声，大声唱几句，几天下来就好了。”

接下来的几天我都睡得比较晚，我想尽快完成手里的作品。白天去雪枝家吃饭的时候，我问她有没有练嗓子，她不置可否，我想她一定是开始尝试了。终于有一个早晨我早早地醒了，醒后第一个念头就是想去看看雪枝是否在山上练声，不知她有没有进展。

我沿着她通常放羊会走的那条路一直往前走，沿途又采了一束蓝紫色的小野花。我一路想象着她美妙的声音会从山谷深处传来，但山谷里只有溪水的声音和动听的鸟鸣。鸟儿们真是喜欢歌唱，毫不吝惜自己的乐音。我被它们渐渐吸引，忘了雪枝，直到忽然听到一声羊叫。

山溪旁，雪枝正独自坐在一块石头上，看着溪水发呆。两只羊儿在她身后吃草，远远看到我来了，通报似的叫了起来。她转头看着我，我朝她挥动花束。等我走到她面前，把花递给她时，看到她一如往日的笑容，但那笑容带着淡淡的忧伤，我感觉到她似乎刚刚在哭泣。我在另一块石头上坐下来，开玩笑逗她开心。笑过之后，她突然平静地对我说："易扬弟弟，我真的不能再唱歌了，我试过了，不行。"我说："这才几天啊，你别着急。""不，我知道自己，是他把我的歌声带走了，没有他我再也唱不出来了。"

我沉默了。她开始讲述。

"他从小喜欢听我唱歌，很多时候我们两人在这山沟里，我都会唱歌给他听，唱给他一个人听。他静静地听，我没见过像他那么安静的人。”

“按我的想法，如果他的灵魂还在你身边，还在这山谷里，他应该还想要听到你唱歌。”

“他可能不喜欢我唱给别人听。”

我无话可说了。

“我不怪他，我喜欢他这样，这说明他还很在乎我。我才不在乎唱不唱歌呢，只要他高兴。”她眼里闪着泪光。

“雪枝，你一定很想他，是不是?”

雪枝看着溪水，眼泪流下来，先是抽泣，接着捂着脸呜咽着痛哭起来。

我看着这个年轻的女孩子，看着她令人悲伤的命运，不知该怎么做。我感到有些自责，都是我逼着她唱歌，才勾起了她的伤心事。

我半蹲半跪在她身边，陪着她，等着她慢慢平静下来。那束蓝紫色的小花上沾着的已分不清是露珠还是泪珠。

有一天晚上我竟梦到了雪枝在山谷里唱歌，那真是动人的歌声。

五

我没想到自己在这山村里竟住了半个多月，也没想到新的作品进展如此顺利。我想这山谷一定是我的一块福地，我决定今后不断地回到这里来。

第三个星期，计划中的十二首歌还差最后两首。我给黎蓝写了封信，但写完又收起来，打算工作全部完成时再寄给她。这么长时间以来，似乎最想念的人就是她。安和沐芬都退到很远的地方，鸽子也不知去了哪里。

七月底，山里也热起来，到晚上夜静时暑热才会散去。晚上我们吃完饭，天光还很亮，大家都各自在乘凉。这几天吃完饭总不见雪枝，我觉得有些奇怪。雪枝的父亲带了外孙去山坡纳凉，雪叶独自在院子里趁着天光做功课。我问她，你姐姐呢？她说不知道，又看着我狡黠地一笑，显然是不想告诉我。

我有些好奇，但也就随它去了。第二天黄昏我对雪枝多加了注意，看着她洗完碗筷，收拾好一切之后，独自走进山谷。我神不知鬼不觉地尾随着她，看她要往哪里去，心想，她该不会是去一个秘密的地方唱歌吧？

我跟着雪枝离开山谷，顺着一条小溪一直往前走，这里人迹稀少，花木更加茂盛，有的地方都没有路。我远远跟着她，好在她毫未留意。突然远远听到更大的水声，转过一个弯，竟然看到前面有一条白色的瀑布从坡上泻下。我心想，这么好的地方居然不带我来。等我再走近时，看到瀑布下是一潭碧绿的水，在这种暑热的天气里尤为引人。雪枝就站在潭边，她在梳头发。我忽然明白了她来这里干什么，不敢再往前走了，但是又不知为什么不想离去。

她把头发梳好了盘在头顶，然后朝四周看了看，开始脱衣服。我伏身在草丛中不敢动，这时候想离开也不行，一动就会惊吓到她。雪枝走到水中了，我看不到她的身体，只看到她的头和肩浮在水面上。

我不知道自己是怎么了，我一向是善于战胜自己身上那些欲望的。也许是连日的脑力劳动和暑热让我的精神松弛了吧，我脑子里突然升起了一个念头，并且牢牢地被它控制。我想跟着雪枝去那泓碧水中，想将自己当作她的阿昌献祭给她，也许这样会治愈她的歌声？我被这种想法弄得浑身燥热。我躲在草丛中飞快地进行着自我分析：这种想法是自私的欲望居多，还是善良的愿望居多。我不敢朝雪枝的方向看，估摸着她游到水深处了，才悄悄挪身，走到稍远处的一片草坡上躺下。

暮空辽远，我渐渐平静下来，彻底否定了刚才的想法。以前和安有过性事之后，我总会有一种莫名的负罪感，一种潜在的自我厌恶。后来和沐芬做爱，她会引诱你用尽自己的激情；但即使她充满爱意之时，也不会失去那神秘的自我。我从来没有完全征服过她。在沐芬之后我惮怕和女人身体的亲密接触。和珍斯那一晚的朋友般的交往，和雪枝这种姐弟般的亲密情谊，都让我感到更坦然，更接近真实的自我。

天色渐渐昏暗了，天上的星星开始闪现。我仰面躺着看星星，心像暮空一样辽远。耳边突然传来细细的歌声，是雪枝在试图唱歌，声音已较之前圆润了许多。我感到喜悦，真诚为这位姐妹祝祷，企盼她恢复歌声。

我躺在那里，听着雪枝的歌声远去。四下里静谧无声，星子越来越亮。我起身回到潭边，纵身跳入一泓碧水中，畅游到精疲力竭为止。

那一晚我睡得特别香甜，在梦里又听到了雪枝的歌声。

六

第二天早上我睡了懒觉，直睡到太阳高起、唐溟都已经走了才醒来。来到院子做深呼吸时，我看到雪枝的篮子放在门礅上，里面有一大碗粥，两个煮鸡蛋，两张烙饼。她总是那么体贴。

我洗了脸，狼吞虎咽地吃完了可口的早餐，神清气爽地坐在书桌前，开始最后两首曲子的写作。我心里很安宁。上午的写作很顺利，我勾勒出了一首曲子的旋律轮廓，自己很满意。中午唐溟回来了，我哼给他听，他也觉得很好。我们一起去雪枝家吃午饭。

雪枝已摆好了碗筷，今天做的是我最爱吃的炸酱面。我看到她脸上带着微笑，气色也不错。

这一周又很快地过去，我完成了最后两首歌的写作，把写给黎蓝的那封信终于寄了出去。我考虑了一下是否写信给沐芬，犹豫了片刻，还是放弃了。

几天后的早晨，我像往常一样早起，然后去山谷散步，迎面突然碰到了雪叶。她跑向我，像是发生了什么大事一样喘息着。

“姐姐，姐姐——”

我心里一惊，急问：“姐姐怎么了？”

“姐姐又唱歌了，在那里——”

我丢下雪叶，往她指的方向跑去，心里涌上一股狂喜。难道我的努力终于起作用了？

我跑到一处山崖上，远远就听到悠长的歌声。接着看到雪枝面向空旷的山谷，身边是她的羊儿。她唱着一支我没有听过的歌，歌声是那么动听，正如我在梦中听到的那样。我远远站着，仔细地聆听。

她一口气连唱了三首歌，然后将手臂伸向天空，长长地舒展着。她回头朝山下走，羊儿跟着她，她看到了我，微笑着。我张开双臂，把她抱起来转了几圈，听到她开心的笑声。

很快大家都知道雪枝开始唱歌了，所有的人似乎都发出释然的叹息，不苟言笑的雪枝父亲也眉开眼笑。我和唐溟尤为兴奋，准备让雪枝来演唱我们新作的曲集。

雪枝不识谱，但她领悟力极高，只要我哼一两遍，她就大体记住了，而最奇妙的是，她自己演唱的时候会浑然天成地加以发挥，让歌曲一下子变得有生命了。我忙不迭地把她的创造记下来，生怕她下次唱的时候又改了，她很好奇地看着我忙活。

只用了三天时间，雪枝就掌握了全部十二首歌。这几天是我们过得最快乐的时光，唐溟给学生放了暑假，我们三人全天泡在一起。最后终于用我那只小录音机，录了简单的小样。我们还找来了雪叶和她的同学们，将唐溟以前作的歌都录了下来。我又专门为雪枝录了一张“民歌专辑”，完全只用清唱；由于是在山谷里录的，里面还可以听到溪水声和鸟鸣。

这段快乐的时光终于快要结束了。有一晚我突然梦到了沐芬，梦到她独自在花园里剪那些盛开的玫瑰。她把花瓣剪碎，再把叶子也剪碎，剪了一朵又一朵，她的脚下全是红玫瑰的残片，像鲜血一样。我叫她，她冷漠地看了我一眼，像陌生人一样，接着继续剪。我一头冷汗地吓醒了。

窗外是奇怪的下弦月，我坐在炕上发愣，睡意全无。来这里之前的那段生活又重新浮现在眼前。我检视着自己对沐芬的感情，这是一个多月以来我一直回避的问题。

我爱沐芬吗？我至今不太清楚。也许去年冬天那一段时间我是爱她的。问题是她和那座大房子几乎不可分离，她是那里的主人、女王，很难想象让她过另外一种生活。而如今，经过这一段自由的生活之后，要让我再回到那座大房子里，已经完全不可能了。那里看起来是一个避难所，事实上却取消了我的独立性。我在那里写不出任何东西。我注定要过一种漂泊不定、来去自由的生活，只有这样，我才能畅快地呼吸。

沐芬爱我吗？我也不太清楚。春节的时候我觉得她是爱我的，她那时候很温柔，很有女人味。但后来她不时表现出平静、冷漠的一面，以向我表明她无法轻易被伤害，她并不怎么在乎我。我欣赏她的理智和冷静，但这冷静又显然使我们之间有了距离。如果一个人总是能够掩饰真实的感情，那么时间久了，真实的感情也就所剩无几。沐芬最爱的，也许是她自己。

我又想起刚才那个梦，想起她冷淡的眼神，心里一阵发冷。但我毕竟还是担心她，心里隐隐地感到不安，不知道发生了什么。

该是离开这山谷的时候了。这一个月我收获极多，这里将成为我的心灵家园，我要不断地回到这里来。

七

终于要结束在这个山谷的生活，打算继续上路了。吃完晚饭，我向雪枝一家说了要离去的打算，对他们一家人的照顾表示感谢。雪叶问我什么时候再回来，我说，尽快，我会尽快回来看你们。雪枝没说话，我看了她片刻，说，我会写信给你们，尽管我最不喜欢写信；我还会寄照片给你们，尽管我最讨厌照相。雪枝忍不住笑了，说，你就别勉强自己了。突然她问：我们可以进城去看你吗？我看着她，说：当然可以！我还打算邀请你们进城去唱歌呢。她脸上带着微笑，很满意的样子。

临走的前一天黄昏，我陪雪枝去找羊。她问了我现在生活的那个城市的情况，我大致讲给她听。我问她："你想去城里吗?"她说："有点想，但也不想。去了城里，就看不到山，呼吸不到这里的空气，也看不到星星了。"我同意她的说法。走到我们上次谈心的那个地方，我站住了，看着雪枝，说："雪枝，你是我认识的姑娘里最善良最可爱的，你一定要生活得幸福，这样我才开心。"雪枝躲开我的目光，说："我现在很幸福啊，阿昌他又想听我唱歌了。阿昌他也接受了你这个弟弟，他也喜欢你。""那就好，你一定要继续唱歌，一定要过得开心。什么时候你不开心了，你就来找我。"

雪枝看着我，重复着我的话："那说好了，我不开心的时候就去找你，你到时可不要不认我。"

我紧紧地抱了雪枝一下，算是我们之间的约定。

清晨，唐溟帮我背着行囊，送我出山谷。从这里走到最近的镇上也得一天多，到了镇上才会有出山的汽车。我拎着雪枝为我精心准备的干粮，唐溟的手里提着老乡送我的水果，背包里有我们珍贵的劳动成果，还有孩子们给我画的画。我经常在他们的美术课上充当模特，他们为我画了许多让人忍俊不禁又爱不释手的肖像画。

我们没有说什么话，一个月以来我们之间已说了很多话。我喜欢这个有才情的小伙子，我们已经成为很亲密的朋友。他的生活、他的存在让我感到安慰，他对音乐和孩子的爱为我的精神注入了新的血液，这种血液冲淡了我身上那种愤世嫉俗的成分，让我对人有了新的信心。

连绵的大山在清晨的雾霭中显得神秘而迷人，我尽量多看它们，把它们巍峨的样子刻在脑海中。

第九章

一

八月底，我结束旅行，再次回到B城，打算在此做短暂停留。

我下了火车，在车站打电话给老冯，问安的情况。他说安临近生产，预产期是在十月初。她身体还好，每天坚持散步。刘某待她很好，给她请了保姆。虽然她还是决意一个人住，但已不再拒绝姓刘的去看她。“这家伙洗心革面了，一心要当个称职的丈夫和父亲。”老冯说。我心头掠过一丝复杂的感受，但毕竟放心了很多。一个月以来我得以从旧日的情感中解脱，但一回到这个城市，对安的牵挂就又顽固地恢复了。我打算在这里待到安顺利生产之后再离开。

我犹豫着要不要给沐芬打电话。这很难想象，我本以为自己会毫不耽搁地找到她。我心里怀着一种本能的恐惧，害怕去面对她。黄昏的时候，我终于还是拿起了电话。

我听到了沐芬的声音，她似乎一切正常。

“沐芬，你好吗？”

“还好吧。你呢？”

“我在山里采风，很有收获。”

她沉默了，我以为她会问我什么时候回去，但她不问。

“你去东南亚了吗？”我问她。

“去了。”她简单地回答。

“陈钟他怎么样？”

“他很好。他向我求婚了。”

在前面平淡的话后，沐芬以轻描淡写的语气说出这样突兀的话。我突然觉得有点滑稽。

“那恭喜你们了。”我冷冷地、带着嘲讽地说，紧接着挂断了电话。我不想再听到这种对话，它的一切意味都让我感到憎恨。我刚在山中恢复了对这个世界的信心，却在瞬间又回复为以前的自己。

我在这一刻突然非常想念雪枝，想念她身上温馨的气息，想念她的声音和笑容，就像想念家人一样。

我决定住在一个大学同学那里，他叫严丰，研究民歌多年，我希望让他听听我从山中带出的珍宝。

晚上我找到了他的住所。他也仍然独自一个人生活，看见我来，似乎并不感到意外。严丰一直是一个很挑剔的人，他行为古怪，独来独往，当年所有的同学里似乎只有我可以和他交谈。我们各自专注于自我，未想过更深地发展我们的友谊，但我们可以告诉对方自己那些“为世人所不容”的奇思异想，奇谈怪论。我们通常很久不来往，然后心血来潮时突然相聚。每次相见，总像是上次相见就在昨天，几乎没什么寒暄，就直入正题。我认为他对音乐有很好的判断力，一直很看重他的想法。

当晚我就拿出了自己的宝贝。我先给他听了雪枝的独唱，他默不作声，听了两首就关了，让我接着放其他的。我又给他放了唐溟和孩子们的作品，他坐不住了，开始在屋里走来走去。我尚猜不透他是什么意思，犹豫着要不要给他放我的作品。他挥着手问：还有什么？我鼓起勇气给他放了雪枝演唱、唐溟伴奏的我的声乐套曲，看着他的反应。

我沉住气，看着他。他指着最后一张磁盘说，这是你的作品？我点了点头。

“前面一张是谁的，孩子们唱的那张？”

“一个乡村教师。”

“那个夜莺是谁？”

“一个乡村姑娘。”

“他们在哪儿？”

他双目炯炯地看着我，仿佛要从我头脑中挖出所有的秘密。我这时总算猜出了他的心思，暗暗松了一口气。

“给排个名次吧，老兄，你最欣赏哪个？“

“当然是第一张！无与伦比！”

“另外两个呢?”

“不相上下吧。”

我哈哈大笑起来：“你不用给我留面子，我知道你在心里早把我排最后了。不过这张也不是我一个人的功劳，夜莺和竹笛都参与了创作。”

“就是嘛，否则你就只能排最后了。”

我捶了他一拳，他拱手说：“得罪得罪，今日你是贵客，带来这么多精品，明天我一定要破费一下，请你好好吃一顿！”

二

我住在严丰这里，和他一起研究我带回的作品，做一些修改和处理。我计划等资金充足和时机成熟时，请雪枝他们到城里来，录制唱片。严丰收集了很多民歌资料，我也趁此机会向他学习。

我想像上次那样悄悄地去看安，但一想到她身体的变化，心里有些畏惧。我把严丰住处的电话告诉了老冯，请他有安的消息时一定告诉我。

九月初，B 城已不再炎热。白天我和严丰各忙各的，晚上我们在一起喝酒聊天。他介绍了一些音乐圈的朋友给我认识。每天过得还算充实。我没有告诉严丰自己为什么滞留在他这里，虽然他也认识安。他也不多问。这正是我最欣赏他的地方。

距我上次写信给黎蓝有两个星期了，我想再写一封信给她，突然想到，今年她大四，她应该毕业了，早就离开学校了。长时间以来我都没有想到这一点，从来不曾关心她毕业后的去向，上次离开S城时都没问她一句。我为自己的粗心和自私深感不安，上封信她也许根本就未收到。

该打个电话给祝亮了，离开S城时走得匆忙，我没有和他告别，他一定也在担心我。祝亮这一年里长大了许多，九月份他该读初中了。他功课很好，随着年龄的增长，变得安静、沉默了许多，不像以前那么开朗了。离开S城前一星期我见过他，他刚考完试，我给他上了一课，并给他布置了暑假的钢琴作业。也不知这一个多月他怎么样了。

黄昏时我打电话到祝家，祝亮妈妈接了电话。

"易扬啊，好久不见你了，祝亮天天在盼你来呢。亮亮，快来，易扬哥哥！"

我心里有一丝激动，期待着听到祝亮那单纯的声音，但电话里祝亮的声音却有些陌生。我愣了一下，随即反应过来。

“易扬哥哥！你在哪儿？”他的语气虽然关切，但不再像小时候那样毫无保留，他开始像一个男人一样注意收敛自己的感情了。

“我回北方了。你还好吗？琴练得怎样？”

“我把你布置的都弹下来了。”

“好。你现在可以试着弹一些自己喜欢的其他作曲家的曲子，调节一下。”

“你什么时候回来？”

“说不准。回去给你带好听的音乐。最近有没有见到黎蓝姐姐？”

“上星期她还来了，还问你有没有打电话。”

“她还住学校吗？”

“她和孟春哥哥新租了房子，她说她考上了研究生。”

“还在那所大学吗？”

“没有，在另外一所，离我们这里不远。他们在新学校附近租了房子住。”

我放了心，原来还担心她会去国外读书。对了，她一定是为孟春才留下来的。我正想再开口时，祝亮似乎猜出了我的心思。

“他们新租的房子还没有电话，黎蓝姐姐说，你有什么话，我可以带给她。”

“你告诉她，我很好，我在B城，半个月前给她写了封信，寄到原来的学校去了。见到孟春哥哥，也代我问好。”

三

老冯那里迟迟没有电话，我有些坐不住了。晚上我打电话给他，他说这两天打电话给安，没有人接，他也正在担心呢。

我有些慌了。老冯说，一定是姓刘的为了安全起见，把她接回家去了。我问他有没有刘某的电话，他说从未和此人来往过。

我谢了他，不好再麻烦他什么了。我心里感到不安，翻滚着各种各样的猜测，有一种隐约的不祥的预感。

晚上较晚的时间，我第一次拨了安的电话，抱着一丝希望。电话没有人接。刘某天天去看她，万一有事，他应该会发现的。看来他的确接她回家了。

我仍然不放心，把音乐学院附近的几家医院的电话都查出来以备用。夜里我睡得很不安，决定第二天去那几家医院看看。

我揣着那几家医院的地址，一大早就出发了。连着问了两家，都没有找到安。中途我又给安的住所打了电话，这次竟然有人接了，但却是一个陌生女人的声音。她说是安的保姆，回来拿东西的。我说自己是安的亲戚，问她安的情况。她说安这两天情况不大好，时常头晕，刘教授让她搬到他那里去了。我问了刘某的住处和电话，又问了安预订的是哪家医院。保姆问我姓什么，要不要给安妮带话，我说我会去看她。

我稍稍放了心，找到一家花店，买了一束花，让花店送到刘某的住处。我又找到保姆说的那家医院，问了妇产科的值班电话。

已经到了中午，奔波了一个上午，我觉得有些疲惫。我在医院附近找到一家小饭馆，要了简单的饭菜，独自坐在角落吃着。吃完了饭，我坐在那儿，看着窗外不远处医院的大门，心里默默地祈祷。

我不知如何解释自己心中的紧张和担心，我只是直觉地感到安此时需要我。好像只有握到她的手，才会让我不再这么焦虑。我等待着，等待着她的召唤。

那一夜我几乎没怎么睡，一大早，我就打电话到妇产科，问有没有叫安妮的产妇入院。值班护士无动于衷地说，有啊，昨天夜里住进来的。我心里一惊，急问她生了没有。“没有，还在阵痛，血压不正常。”我出了一身冷汗。难怪我昨夜无法安宁。我洗了把脸，急忙赶往医院。

终于看到她了。她躺在病床上，紧闭着双眼，脸色苍白。旁边的小桌上，竟然放着我昨天送去的花。她一定猜出是我送的花，因为那是我送花给她最常用的搭配方式：一枝白百合，九朵红玫瑰，淡紫色的包装纸。那些玫瑰已悄然绽放。

我没有看到刘某，也没有在意他是否在附近，我无法控制自己地走到安面前，看着她；看到她像是被生活摧垮了的面容，心如刀绞。她像是感觉到了，微微睁开眼睛，看到了我。她一动不动地看着我，终于，眼泪从眼中溢出。我在她身边坐下，握住她冰冷的手。

从看到花的那一刻，我就明白她已经原谅了我，她在等待我的到来。我知道她从未停止爱我，就像我也一直爱着她一样。我握着她的手，想要把自己所有的爱和生命注入她的身体。

刘某回来了，他就站在我身后。他忍耐了一会儿，终于拍了拍我的肩。我回头看到他，一个四十多岁的中年人，一脸的疲惫和困惑。我想站起来，但是安拉着我的手不放，我只好对那人说了声对不起，继续坐下。安不看那人，把脸埋在我的手里。刘某有些绝望地叫了声："安妮！"安转头看着他，哽咽着说："也许我就要死了，你就随我吧，对不起了！"

刘某长叹了一声，转身走了。病房里其他的人都在看着我们，我毫不在意，轻轻擦去安脸上的泪水。我伏在她耳边，用我们最亲密的语调说："安，乖，一定要挺过这一关。我陪着你，我们一起。"安又哭了，说："我多么希望，这个孩子是你的！我一直想生一个我们的孩子，一直想。"我心痛难忍，此时已不知怎么安抚她，只有紧紧抱着她。

她突然又痛起来了，她在我怀里呻吟着，我感到很害怕，病房里的人帮我们叫来了医生。安被推进了产房，我和刘某站在房门外的过道里，避免着目光的相遇。

我似乎听到安的惨叫，紧张得浑身发抖。刘某在不远处来回地走。

过了半个小时，一位女医生推门出来，问，谁是家属？刘某冲上前，问怎么回事。

“自然生产有困难，产妇状况不大好。剖腹产也会有危险，但不做手术的话，母婴都更危险。”

“怎么会这样呢？怎么会这样呢？”刘某搓着手，不知该怎么好。

“你决定吧，要做剖腹，就请签字吧。”医生说。刘某回头看着我，一副很无助的样子。

我对他点了点头，他拿起笔，签了字。

我们开始了新的等待。

四

很长一段时间里，我头脑中有关安妮的最后一段记忆处于一种混乱和交叠的状态，我分不清哪些片断是真实发生的，哪些是我做的噩梦，哪些又是我的幻想。我唯一清楚记得的是自己随着一群人去往墓园，我有些好奇那是谁的葬礼队伍，却不敢问旁边的人。我听到致悼词的人说出安妮的名字，接着一个黑衣人站在那里拉小提琴，奏的似乎是门德尔松那个忧伤的乐章，那也是安曾在我梦里奏过的曲子。直至那时，我才有些清醒了。“安妮死了。”这个事实像冰凉的雨水一样冲刷着我疲惫又混乱的头颅。是的，安妮死了。她终于彻底离弃了我。

发生了什么？我实在记不清，我的头好痛。他们说我曾用头撞医院的墙，撞得头破血流。也许是那时把记忆力撞坏了吧。

可我仍然努力回忆，我想知道安妮是怎么死的，她跟我说了些什么。可我什么也想不起来，我的脑子里只有一些碎片。

我不是看到安妮抱着一个婴儿在微笑吗？那个孩子呢？他们竟然说孩子也死了，生下来就是死的！多么可怕！

我不是抱着安妮，祝贺她闯过了这一关，她不是还让我抱她到窗前看看外面的树吗？怎么他们说她死在了我的怀里！

我不是拿着玫瑰花走向安妮的病床吗？我还记得那些花的芳香，还记得安妮看到花时惯有的微笑，怎么那些花瓣都被洒在了墓地？

我努力搜寻着最后的回忆，因为一无所获而哭泣。

那个陌生的黑衣男人，在葬礼的最后走到我面前。他递给我一把钥匙，说：“这是安妮遗嘱里留给你的，她的小屋，和里面的一切。”

我不记得这个男人是谁，旁边的人说他是安妮的丈夫，可他怎么老了许多，像个六十岁的老头子。

我拿过那把熟悉的钥匙，它被我和安妮的手磨损得很光滑。我把它紧紧贴在胸前，眼泪哗哗流淌。我忘记了身边所有的人和事，拿着钥匙，唯一的念头，就是回我和安妮的家，她一定在小屋里等着我。

我才不相信这个鬼葬礼呢，这些人一定是疯了吧，安妮怎么会在这里，她在家里等我呢。

我唯一不明白的，是自己为什么止不住地哭泣。我从未流过那么多的眼泪，父母、鸽子离开我的时候，我都不曾这样哭泣。

我走在街上，糊里糊涂地找不到方向。身边走过两个老太太，我听到其中一个说：“可怜啊，无亲无故的！”我回头看她，眼泪再一次夺眶而出。老人家在说谁呢，说我还是说安妮呢？

我跌跌撞撞地走，差一点被人撞倒在地。那人回头骂了我一句。这时有人走上来扶住了我，我认出了他，是老冯。

他让我到他家里去，我说我要回自己的家，还给他看了看钥匙。他拗不过我，只好带着我乘车。

又回到我们的院子了。可为什么门锁了，窗上积满了灰尘？老冯说：你看到了，这里没法住，走吧，到我那里去。

不行。我不能走，走了安妮找不到我怎么办？她又要伤心了。安妮一定是外出了，那这次我来等她吧。

老冯和邻居的大婶帮我打开了房门，开了窗，打扫了房间，他们对我真好！一切收拾停当了，我朝他们深深鞠了一躬。他们知道我想一个人待着，就告辞了。

好了，安，亲爱的，现在又是我们单独在一起了，我真想你呀！

我在小屋里躲藏了一个星期，邻居大婶像养一只流浪狗一样每天给我送吃的。我吃得很少，大部分时间都在昏睡。我缩在我们的小木床上，感到温暖而安全。我醒时找不到安，就努力在睡梦中找。

我梦到她和鸽子在一起，在一个非常美、充满绿色的地方。她虽然像是在躲着我，但她看上去很开心。

我还记得另一个可怕的梦。

我埋头坐在一个四周皆白的地方，一直在祈祷。我从不信神，但我祈求神明，如果他能够保全安妮，我从此会信奉神。

终于，门开了，有个护士伸出头，喊道："谁叫易扬？"我跑上前，急切地想从她脸上看到平安二字，但她只是面无表情地对我说："病人想见你。"

我朝门里走，却听到护士在我身后说了句什么，紧接着听到另一个人的狂喊："不！"

我的心沉到深渊里去了，我四下狂乱地搜索着安，终于看到她苍白的面容。我扑到她面前，摇动着她，叫着她的名字。

她紧闭的双眼终于睁开了，看着我。

“孩子没有了……生下来就死了……他好像知道我不欢迎他。”她在我耳边断断续续地说着，“易扬，我打算放弃了。”

“不，安，你不能这样惩罚我，你不能这样，你一定要活下来!”

“没有你的人生，无法过。我要走了，我去找鸽子了。”

“不，不能，安，我再也不离开你了，你相信我!”

“我不再相信你了。我再也不想被你抛弃了。让我走吧。”

“安，原谅我，再相信我一次，不要走！”我紧紧抓住她，眼泪涌出来。

“这个世界，很冷，我不想再回去了。”

我抱着她，她的呼吸越来越微弱，我听到她最后的耳语：

“你终于来了，我一直在等你。我今生最大的心愿，就是能死在你的怀里……”

按大家的说法，我“自从出了那间病房，就变得疯疯癫癫的了”。

五

我一直以为，最了解我的人莫过于我自己，但现在，我对自己感到恐惧、不解和无可奈何。我不明白自己当初为什么会离开安，也不明白她的离去为什么带给我毁灭性的打击。一切都在我的理智掌握之外。仿佛自我从躯壳中被带走了一样，我无知无觉、混混沌沌地活着。那段时间，我甚至不清楚自己是谁，来这个世界上都做了些什么。

十月底的一天，天气晴朗，很久没有见过那么蓝的天。我清晨很早起来，离开小院，去了墓园。似乎不用回想，我凭着感觉找到了安的墓碑。我给她带来了一束小野花，还有那部在音乐学院招待所写完的音诗。我跪坐在墓前的草地上，把那部题献给她的作品点燃了。看着它燃尽，心里像是伤口刚刚愈合，不敢有轻微的碰触。我什么也不想，只是坐在那里，度过了宁静的两个小时。这期间除了有鸟儿啼唱，墓园里静悄悄的。这里安放着我最亲爱的两个人的骨灰，她们现在相互为伴。我向她们告别。想到鸽子，我心头一酸，泪水上涌，急忙仰起头来，看着如洗的碧空。

我必须找到一种方法，以锁住内心的伤痛。所有的音乐都与记忆相关，因此我要远离音乐。离开音乐，我不知自己为何而活。既然如此，怎么样活下去都无所谓。我要过一种无知无觉的生活，直至忘记自己原本是谁。那个原本的我，高傲、自负，多情又无情，他令我憎恨，我必须彻底摆脱他。

下午我回到了院子里。大婶在洗衣服，看到我，高兴地走过来说："易扬，有人来看你了，说是你的朋友。"她的话音未落，有人从她的屋里走出来。是黎蓝。

她显得成熟了很多，既亲切又陌生，脸上挂着一丝忧伤的笑容。

我心里涌动着各种情绪，竭力克制着，平静地问："黎蓝，你怎么来了？"

她不说话，看着我。这曾是我多么渴望看到的眼睛，但现在我似乎无法承受她的目光。我低了头，转身朝自己小屋走去，她跟在我身后。

我开了门，请她进了屋。她看着屋里的一切，我站在她身后。黎蓝转过身来看着我，我们相视片刻，终于紧紧拥抱在一起。

我感受得到她心头的痛，像我心头的痛一样强烈。

我们坐下来，开始平静地交谈。

"我收到了你的信，还有祝亮带的话，知道你在这里。"

"孟春好吗？"

"他很好。有一天我做了不好的梦，很担心你，我告诉了他，他帮我打听到音乐学院，才知道真的出了事。”

“他陪你来的？”

“没有，我自己来的，他送我上的车。”

“谢谢他，他真好。”

“他说他很喜欢你，他爱你的音乐。”

“以后，不会再有我的音乐了。”

“易扬——”

“黎蓝，不用劝我。我爱你，像爱音乐一样。但我决定不再接近音乐，也不再接近我爱的人。我很高兴把孟春带入了你的生活，有他在你身边，我很放心。我注定是一个不祥的人，我憎恨自己。”

黎蓝眼里充满泪水。

我拿出一包东西，交给她，说：“这是我写的最后一部作品，是为你写的。里面有山里一个女孩子演唱它的录音，你和孟春要是喜欢，看看能不能为她、为山里那些孩子做点什么。这是我拜托你们的最后一件事。”

黎蓝的眼泪流下来：

“易扬，我是来接你回去的，你不要离开我们。”

“你从此不用担心我，我什么事也不会有。”我温柔地说，擦去她脸上的泪水，“你走吧，回到孟春身边，不然，他和安妮都会嫉妒了。”

她渐渐平静了，收拾好了东西，站起身来。

我送她到院门口，看着她的眼睛说：

“黎蓝，过得开心一点。记住，我爱你，像爱音乐一样。”

看着她在阳光下离开，我感觉像是生活中所有美好的东西都离开了我一样，像是音乐也随着她被我送走了一样，像是心和灵魂离开了自己。

晚上我给沐芬写了封信，感谢她一年来对我的帮助，我还欠她一些钱，我会尽快挣够还她。我的那架钢琴，送给祝亮；其余的作品乐谱和杂物，她想留下什么就留下，不想要的就扔掉。

做完所有这些，我感到心头轻松了很多，似乎真的无牵无挂了。我拿起那本跟随了我多年的那位十七世纪哲学家的著作，翻到一页，看到这样一段话：

> 我愿尽可能对任何事都不表示无益的伤感，尽力将所发生的任何事想象成最好的事情。我坚信如此是履行义务，否则就是陷于罪恶。

后　记

2000年夏天，在故乡的老房子里，我开始以Solitaire为题写一个新故事。在此之前写过不少故事，对我来说，这种练习想象力的行为类似一种单人纸牌游戏，是从世界暂时逃离的智力隐居方式。Solitaire一词，除了单人纸牌，也有独居者的意思。而这个故事，正是关于一个独居者和独行者。我悄悄跟随他前行，从未想过能走多远。出乎意料地，这个故事不仅最终完成了，而且这场单人纸牌游戏前后延续了近八年。在2008年春天完成之后，它存在电脑里几乎被我忘记了。直到十年后的这个春天才翻出来重新阅读，就像在读别人写的东西，既陌生又惊讶。

主人公易扬是科班出身学音乐的，他从音乐学院逃了出来，这本书写的就是他的叛逆与逃逸。最初的灵感只是一句“妹妹死了”，多年来这句话都是这部作品的开端，它是主人公易扬的人生分界点。但我在准备付梓的修订中，却将这首句话拿掉了。

上海是这部作品的背景，但也只是一个模糊的远景。临近黄梅时节，很容易就想起第一章开头的那种感觉。一个城市之所以令人难忘，是因为你在那里遇到了难忘的人。二十年前我在这里遇到了易扬，他像波德莱尔笔下的都市漫游者，又像舒曼的大卫同盟成员。这个写了很久但并不是很长的故事，是他的《致远方的爱》，是我的《致音乐》。

楚　荷

2018年5月6日于上海